DESTINE

Corinne Wandenburg

INFAROM
office@infarom.ro
http://www.infarom.ro

ISBN 978-973-1991-38-2

Editura: **INFAROM**
Autor: **Corrine Wandendurg**
Editor-corector: **Georgeta Tanco**
Design copertă: **Liping Wang**

Descrierea CIP a Bibliotecii Naţionale a României
WANDENBURG, CORINNE
   Destine / Corinne Wandenburg. - Craiova :
Infarom, 2012
   ISBN 978-973-1991-38-2

821.135.1-31

PARTEA I
CAPITOLUL 1

Primăvara venise târziu în anul acela. Venise cu multe ploi şi cu un vânt puternic care scutura copacii şi-i făcea să plângă. La ora aceea, pe înserate, puţini trecători zgribuliţi se aflau pe stradă. Întârziaţii mergeau cu paşi repezi, cu gulerele ridicate şi pălăriile înfundate bine.

Era primăvara anului 1930. Un an rotund şi împlinit ca vârsta unui om devenit deodată matur şi demn de luat în seamă. Un an în care personajul nostru principal devenise şi el demn de luat în seamă. Împlinise 30 de ani.

Paul Voicu, căci despre el e vorba, era un bărbat pe care îl descoperea în fiecare moment anturajul său. Era spiritual, nu tocmai frumos, dar bine legat. Ochii lui de un albastru pătrunzător făceau ca mai toate cucoanele din Bucureşti să suspine în batiste prea parfumate.

Tocmai se întorsese de la Londra unde lucrase la ambasada noastră. Îşi făcuse cu funcţia sa o oarecare trecere printre cei din lumea bună şi acum îşi luase un concediu binemeritat şi revenea la părinţi.

Se aştepta la o schimbare în viaţa sa. Îşi regăsise părinţii parcă mai aplecaţi pământului şi casa copilăriei sale aproape neschimbată. Amândoi părinţii mai dalbi ca niciodată, îl primiseră cu lacrimi în ochi, fericiţi că-l văd iar acasă. Baba Ionica, doica lui şi acum locuia cu ai lui. Parcă era o mobilă aparţinând casei. Ajuta atât cât putea în casă şi în rest le amintea părinţilor săi de Paul.

Domnul Iorgu dorise mult ca fiul său să se ridice în diplomaţie, după ce terminase în mod strălucit Facultatea de drept din Paris. Când trebuia să plece la Londra nu plânse şi nici nu arătă că îl doare. Poate doar mobilelor din camera lui. Însă nu acelaşi lucru se petrecuse cu doamna Maria. Era unicul ei copil. Se lamentase mult, a plâns până i-au secat ochii de lacrimi, apoi s-a resemnat.

3

Doar doica avea ochii plini de lacrimi mai mereu. Nu avea copii. Avusese în tinerete, dar se prăpădiseră. Acum era doar Paul.

CAPITOLUL 2

Paul tocmai ieşise dintr-un local unde un cerc de prieteni vechi încerca să-l facă să reintre în atmosfera uitată a Bucureştiului. Se despărţise de ei mai devreme decât trebuia, un pic cam plictisit. Nu se regăsea acasă, aici unde i-a fost cel mai bine. Amicii îl plictiseau şi,culmea, nici el nu-şi dădea seama de ce.

De obicei îi plăceau întâlnirile în oraş, într-un spaţiu select, dar acum parcă nu. Să fie oare de vină primăvara asta care nu era primăvara decât în calendar? Nu ştia şi parcă nici nu vroia să afle. Refuza totuşi să facă un semn unei maşini şi plecă zgribulit către casă. Avea de mers o distanţă destul de bunicică. Se afunda în lumina aceea aproape stinsă şi mergea fără să gândească. În faţa sa deja slujbaşii închideau prăvăliile. Îsi băgă şi mai tare mâinile în buzunare şi se hotărî să meargă aşa până acasă.
Ce se întâmpla oare cu el de când revenise acasă? Îşi dorea să se întoarcă la Londra? Hm... Acolo îl aştepta docila Arlett. O femeie ciudată, dar iubitoare. O femeie ca o melodie, precum numele ei. Îşi luase oare concediul ăsta pentru că se plictisea?Arlett era o bogătaşă care se plictisea în mariajul cu un bărbat mult prea bătrân, tipic. Se întâlniseră la o serată de binefacere şi nu se mai despărţiseră. Credea că soţul său ştie, dar închide ochii. Devenise penibil pentru el. Hotărâse deci să plece. De altfel, nu mai venise în ţară de mai bine de un an.
Ambasadorul nu se opusese şi îi dăduse trei luni de concediu. Îl bătuse părinteşte pe umăr şi-i spuse: "Odihneşte-te Paul, domnul Iorgu o să fie bucuros să te aibă de Paşti acasă!". Uimit că nu găsise nicio piedică în cale, plecă.

Sau îşi dorea să nu mai plece la Londra? Aceste luni să aducă o schimbare decisivă? Să îşi găsească o slujbă gras platită la minister, o funcţie înaltă? Să iubească? Verbul ăsta suna spart în inima lui. Hm…. Se scutura parcă vrând să alunge aceste gânduri. Avea 30 de ani. Parcă era timpul de o schimbare. Era oare pregătit? O dorea… O aştepta.

Ploaia parcă se înteţise şi când ajunse acasă era deja ud până la piele. Doamna Maria înspăimântată începu să-l mustre cu blândeţe. Parcă simţise ea că trebuia să-l ia pe băiatul ei cu binişorul. Îi simţea starea aceasta de amorţeală.

Strigă la baba Ionica să-i pregătească repejor lui Paul baia şi hainele curate.

– Ţi-e foame, maică, să-ţi pregătesc ceva?

– Nu, mulţumesc ,... doar baia ... şi trecu pe lângă mama lui uimită şi cu mâna la gură.

Doamna Maria simţea ea ceva, dar nu spunea nimica. Încercase să vorbească cu domnul Iorgu, dar acesta spusese doar: "Prostii ... o să-i treaca!"

CAPITOLUL 3

Paul era în sfârşit singur în camera copilariei sale. După ce făcu baie, se îmbrăcă şi se aşeză între perne. Rămăsese cu gândurile sale singur-singurel. Se gândi că are 30 de ani şi că nu era împlinit în ce-şi dorea el. Dar ce-şi dorea, de fapt?

Reîntâlnirea cu prietenii de acasă îl puse în temă cu tot sau aproape tot ce se întâmplase în lipsa lui. Brusc, îşi aminti de Lioara şi îi înghetă inima. Uitase de existenţa ei neaşteptat de repede. Uitase sau se făcuse că uitase. Lioara era dragostea lui de tinereţe. Toată lumea spunea că se potrivesc, că familiile din care provin sunt la fel şi că nu mai urmează decât nunta, însă el fugise după logodnă, departe, departe ... O uitase oare? Dar ea pe el? Suferise oare vreun pic din cauza lui? Sau nu?

Aflase că făcuse un mariaj strălucit cu un ofiţer bogat. Oare acesta îi oferise totul? Îl înlocuise? Sau îi oferise doar bunul material în sine? Ce întrebări! ... Lioara venise brusc peste el, ca o avalanşă. O să se intereseze mai bine. Aflase doar că încă mai locuia în bătrânul şi conservatorul Iaşi şi că aveau o casă şi la Paris. Oare o mai iubea? Oare îşi ratase fericirea cu iubiri pasagere?

Hotărî bărbăteşte să se gândească la asta mâine şi să încerce să spioneze, să afle lucruri noi. Stinse lampa şi rămase doar el şi flăcările din şemineu. Vru să doarmă şi să uite. Adormi şi uită. Mâine ...

CAPITOLUL 4

Dimineaţa venise cu un pic de soare pe la ferestrele aburite de diferenţa de temperatură. Paul se trezise şi după ce se spălă, se îmbrăcă pornind către o nouă zi în casa amintirilor sale. Îşi promisese să fie destul de docil la micul dejun, ca femeile din casă să nu pună prea multe întrebări.

Îl întrebaseră de programul său din această zi.

− Mă duc până la minister astăzi, mamă, nu-ţi face griji dacă nu mă întorc la masă!

− Ba să faci bine să te întorci! … mormăi domnul Iorgu cu nasul în ziarele lui, nelipsitele lui ziare. Maică-ta e cam îngrijorată, spune că ceva te frământă. Nu o nelinişti, biata femeie te-a aştepat atâta!

− Iorgule! … zise mama cu mâna la gură, te rog frumos lasă-l pe Paul în pace! Are treizeci de ani, ştie el ce face …

− Bine, bine! … răspunse domnul Iorgu printre rândurile citite din gazetă.

Iarăşi suma asta rotundă de treizeci de ani! Ce am făcut cu ei? Prietenii mei din Bucureşti erau cam toţi cu neveste, dacă nu şi cu ceva copii pe lângă ei.

Brusc, Paul se sculă de la masă şi mulţumi, trecând din sufragerie.

− Nu mă aşteptaţi cu masa, poate n-o să vin.

Se îmbrăcă repede cu pardesiul şi ieşi. În urma sa, până să închidă uşa auzi: "Vezi, Iorgule, ce ai facut? Ai supărat baiatul!" Cu ochii minţii, Paul văzu cum tatăl său ridica din umeri şi îşi vede mai departe de citit. "Nimic nu e chiar aşa de important ca ziarele mele!"

De data asta opri o maşină, se sui şi spuse grăbit direcţia de urmat. Şoferul se uită cu respect la el şi porni. Paul îl uitase însă. Îşi reaminti de ale lui. Dorise o întrevedere pe care acum nu o înţelegea foarte bine. Dorea sau nu să se întoarcă în Anglia? Să ceară un post la minister? L-ar obţine cu siguranţă. Pentru ce? Pentru Lioara care e măritată? Pentru el? Pentru vreo femeie pe care acum nu o ştie şi care va fi soţia lui? Îi spusese Vladimir, prietenul lui, să iasă mai mult în casele mari ale Bucureştiului, să cunoască.... Ce să cunoască? Femei ca Arlett? Se opri deodată parcă era prea multă gândire în toate. Dacă ar lăsa totul la voia întâmplării?

La un moment dat, îşi dădu seama că maşina se oprise, iar şoferul se uita la el cu ochii mari.

– Oh! ... făcu el, cât îţi datorez?

Plăti şi se repezi la uşa ministerului. Arătă actele sale, care îi deschiseră cu uşurinţă uşa, apoi intră. Ce să ceară, ce să facă? Se întâlni cu un vechi coleg de şcoală, Andrei, care îi spuse că e un diamant prea rar ca să nu accepte o vizită la el acasă. Acceptă, gândindu-se la spusele lui Vladimir. Se hotărî brusc: gata cu Arlett! Cel puţin pentru o vreme... O să ceară ministrului un post aici acasă. "Nu a fost prea greu, nu-i aşa?"

Ajunsese în faţa secretarei, o tânără drăguţă, dar vizibil foarte ocupată cu telefoanele şi maşina de scris. Îi spuse că ministrul nu primeşte şi că ar face bine să facă o cerere.

– Sunt Paul Voicu, m-am întors acum câteva zile din Anglia, lucrez la ambasadă!

Şi uite aşa, domnişoara îşi schimbă tonul şi zâmbetul ei se lăţi pe faţa care i se păru cam prea pudrată.

– De ce nu spuneţi aşa, domnule Voicu? Scrisorile dumneavoastră prin mâna mea au trecut şi dacă nu v-am cunoscut personal, v-am cunoscut prin corespondenţă.

În timpul ăsta, deja formase interiorul ministrului care răspunse că poate să mă primească. Deschisei uşa şi un glas deja mă întreba ce mai fac!

– Paul, Paul, ce bine îmi pare că te văd! Mă bucur că eşti acasă! Doamna Maria cred că e cea mai fericită!

– Da, este, domnule ministru, doar că pe mine m-au cam schimbat străinătăţile .

– Ce-mi spui mie, băiatule? Ce văd eu, ca o luptă, în ochii tăi? Englezoaicele s-au făcut urâte deodată? Pe vremea mea erau frumoase ... râse el tare, cu mâinile pe abdomenul cam mare .... O, tinereţe, tinereţe !

Nu ştiu cum, dar ministrul ghicise. O fi fost mare vrăjitor, dar pe mine mă scutise de a vorbi mult până să cer un post la vreun departament.

– Şi vrei un post acasă, aşa-i? Ce ţi-ar plăcea să faci? … continuă el fără ca eu să scot încă o vorbă, uitându-se la mine cu subînteles… Vrei să înfiinţez ceva special pentru tine?

– Nu, nu, mulţumesc, un post în care să am unde veni, domnule. (Am început să cred că îşi bate joc de mine. Asta e, o să mă întorc în Anglia – mă consolai eu …)

– A, dar aici e treabă serioasă, probleme de amor… Ha, ha, ha… (Eu mă înroşii teribil în timp ce-mi frângeam palmele. Mă ghicise iar!) Uite Paul, pentru tine o să mă gândesc şi o să-l sun acasă pe taică-tu! (Eu când auzii, îmi păru rău a doua oară că am venit.). O să te sun deseară. Apropo, fă-mi o vizită. Nevastă-mea primeşte joia. Face un fel de seri dansante, cu ceai, cu prăjiturele. Nu spun joia asta, dar cealaltă, eşti invitatul meu, fără niciun refuz. M-ai înteles?

– Da,… voi veni …

– Acum du-te, o să te rezolv eu până deseară … Ha, ha, ha, dragostele astea, tinereţe, tinereţe … şi-şi puse mâinile iar pe burtă parcă să n-o scape …o mândreţe de burtă, facută în atâţia ani de trudă.Am ieşit năuc şi am cerut secretarei un pahar cu apă. I-am mulţumit şi am iesit. Aceasta parcă luase uluiala de la mine, rămase interzisă!

CAPITOLUL 5

Acuma ce să fac? Să mă duc acasă? Să mănânc într-un local la şosea? Rămăsese ca mâine să merg la Andrei, prietenul din minister, acesta dându-mi adresa şi uitându-se la mine, gândind că sigur nu o să vin pentru că nu am reţinut nimic. Eram într-o plutire totală. Eu şi covorul fermecat....

Hotărâi să mănânc în oraş şi apoi cu totul ghiftuit să plec acasă şi tot plutind să mă duc în sala de baie fără să bag pe nimeni în seamă. Să mă bag în cadă şi să mă scurg mental ca apa pe canal. Am mâncat, dar de dus acasă m-am dus mai târziu. Am colindat prin parc, era ciudat de frumos. Am ajuns acasă târziu. Tata şi mama mă aşteptau. Sunase ministrul, îi explicase tatei care e treaba ... "baiatul e îndrăgostit, e otrăvit!", şi-mi oferise deja un post de şef în unul din departamentele ministerului.

Mama era fericită, baiatul ei se întorcea acasă, se va căsători şi va face nepoţei mulţi pe care ea îi va ţine în mâini, nimeni altcineva. Oh, era să uit de baba Ionica. Tata însă era mut de uimire ... Cât timp vorbise ministrul nu scosese decât silabe rare din gură. Ba tata primise şi invitaţia verbală a ministrului pentru joia următoare. Tata simţea că se va schimba totul şi s-ar fi bucurat, dar nu ştia cum. Era cam ursuz de felul lui.

− Bine, Paul, tu laşi străinătatea pentru o femeie? Cine e? E măritată cu siguranţă. În cazul ăsta, fiule, e mai bine acasă. Mâine la nouă te prezinţi la serviciu. Şi plecă, dând din umeri, afară din cameră.

Mama, în schimb, la unison cu baba Ionica, erau fericite, deja vedeau casa plină cu nepoţi, care nepoţi nu-i dau pace bunicului care citeşte ziarele. Sună telefonul. Era Andrei. Mă muştrului:

− Păi bine, Paul, şi nu zici nimic? (Eu mă gândeam că nici la ministru nu am zis...)

− De ce nu ai ghicit şi tu Andrei???

− Felicitările mele! E bine şi afară pentru palmaresul carierei, dar tot acasă e mai bine. Te-am sunat să-ţi reamintesc de mâine seară. Nu cred că erai atent când ţi-am zis adresa.

– Ba eram: strada Icoanei, nr.7 bis, nu-i aşa?

– Da, da! Vii?

– Da, o să vin pe la şapte. O să fie multă lume?

– Nu, doar câţiva prieteni. O să te sărbătorim şi pe tine, printre altele. Te aştept!

– Eşti căsătorit?

– Da, sunt de doi ani. O ştii, Raluca Pârvu...

– Ah, da...

– O să vina sora ei, Florentina, încă două prietene şi bineînteles pe lângă tine încă doi amici. Toată lumea cu pereche, să nu se încurce la dans!

– Bine!

– Atunci ... pe mâine seară!

– La revedere!

Paul închise telefonul. Îşi dăduse repede seama ce viteză au noutăţile în minister. "Cum a lăsat Voicu Anglia din cauza amorului!" Parcă şi auzea şoaptele ...

– M-a sunat un coleg, mâine seară la şapte sunt invitat la el.

– Bine, maică, zise doamna Maria, bucurându-se că fiul său intra iar în societatea Bucureştiului, pe care o părăsise pentru himera străinătăţii. La urma urmei, fete sunt şi aici, nu numai la Londra!

– Acum mă duc să mă culc. Am mâncat în oraş!

Doamna Maria deja se gândea că totuşi la ministru o să fie mai bine decât la colegul lui. Ofta gândindu-se că mai are de aşteptat până atunci.

– Bine, puiule, somn uşor! Hai şi noi Ionica să ne odihnim oasele. Stinseră lumina şi plecară.

Paul intră în camera lui şi hotarî că nu se va gândi la nimic. "Este doar o altă etapă", gândi el. Se dezbrăcă, stinse lumina şi se băgă în aşternuturi, adormi. Adormi repede, aşa cum îşi dorise, fără gânduri, fără emoţii şi fără vise.

CAPITOLUL 6

Dimineaţa veni repede, iar Paul atâta aştepta. Se trezise gândind pozitiv, gândind că începe altceva. Se spălă şi se îmbrăcă repede. Sări peste micul dejun în dezaprobarea tuturor, spunând că va lua ceva la minister. Sări apoi în prima maşină pe care o găsi liberă. Ajunse un pic prea repede, însă, spre mirarea lui, totul fusese amenajat peste noapte. Anghel, omul bun la toate, îl conduse spre biroul lui. Era frumos. Paul se gândi că începe bine. Ferestrele încăperii erau inundate de soarele dimineţii. După ce plecă Anghel, se aşeză în fotoliu un pic zgribulit şi aştepta. Ce trebuia să facă? Parcă simţind stânjeneala lui, ministrul, care venise între timp, intrase în biroul lui.

— Bine, Paul, eşti punctual! Eu cred că o să-ţi placă la noi. Ea e Tanţi, secretara ta. O să-ţi explice cu ce o să te ocupi. De fapt, ce o să conduci. De după el, într-adevăr, răsărise Tanţi, o femeie frumoasă şi minionă, slabuţă şi plăpândă.

— Tanţi, i se adresă ministrul, trebuie să-l debarasăm de dragostele din străinătăţi. O să-i explici ce are de făcut şi mai vorbim.

— Da, domnule, zise Tanţi. Nu vă faceţi griji. E pe mâini bune … şi-mi adresase un surâs …

— O să te ocupi de chestiunile legate de diferendele cu privire la cetăţenii români aflaţi în străinătate. E un departament nou, recent creat, care cred că te aştepta, zise ea zâmbind iar. Acum românii circulă mai mult şi mai sunt probleme. Fiecare ambasadă îţi va trimite câte un raport lunar. Dacă nu se rezolvă acolo, local, o să ne implicăm noi. Nu e chiar aglomerat. Ai să te descurci. O să-ţi arăt mai târziu ce acte se fac, oricum am să te ajut. Acum am un nou şef, zise ea râzând, arătându-şi dinţii perfecţi…

— Ai mâncat? mă întrebă

— Nu, nu am mai apucat acasă ….

— Nici eu! Jos e o patiserie bună, vrei ceva?

— Ia-mi şi mie ce-ţi iei şi tu şi îţi plătesc când vii …

13

– O, nu … Nu din prima zi, de mâine da, dar azi e zi festivă: am şef….!

Ieşi. M-am dus iar la fereastră … "diferendele cu privire la cetăţenii români aflaţi în străinătate …", deci, n-am scăpat! Zâmbii sufletului meu şi mă dusei la birou. Începui să răsfoiesc. Mi-am adus aminte că trebuia să trec în seara asta pe la Andrei. De fapt, era mai mult decât o trecere, reîncepea socializarea mea cu Bucurestiul.

Tanţi reveni cu plăcinte cu brânză, cu cafea şi cu sifon. Mâncarăm amândoi pe biroul meu, de la egal la egal. Tanţi era căsătorită cu un magistrat. Încă se iubeau, dar mama lui nu o dorise.

– Ai copii? întrebai eu curios…

– Nu, nu încă. Parcă nu e momentul …

– În viaţă niciodată nu e momentul şi ne trezim cu mâinile goale la finalul ei.

– Aşa e!

Terminarăm de mâncat şi Tanţi începu să strângă. Reveni imediat cu un vraf de hârtii pe care mi le dădu spre documentare. Într-un târziu, pe la patru după amiază, se sfarşi şi prima mea zi de lucru în ţară. Îmi plăcuse? Cred că da! Era lucru de birou, rutină. Mă va face oare s-o uit pe Arlett şi privirea soţului său? Câţi au mai fost oare înaintea mea sub privirile soţului? Presimţeam multe scrisori de-ale ei pline de lacrimi şi fără niciun răspuns de la mine în final.

CAPITOLUL 7

Acasă mă aştepta mama cu masa şi cu costumul proaspăt întins. Am mâncat puţin, gândindu-mă că o să mai ciugulesc la Andrei, devenit colegul meu de minister, chiar dacă era în alt departament. Toţi acasă mă întrebară cum a fost, cum mi-a plăcut. Am răspuns scurt că mă simţeam liniştit şi împăcat, le-am mai spus că toţi mi-au făcut o primire caldă. Ambasadorul din Anglia ştia deja, fusese anunţat. Nu comentase foarte mult, lucru pe care l-am apreciat.

M-am uitat la ceas si m-am ridicat să mă pregătesc. În camera mea, în odaia copilăriei mele, focul ardea jucauş şi mă îndemna la o lene temporară. Mă gândeam la seara asta, ce-o să-mi aducă, ce postură să adopt… să mă aşez într-un fotoliu într-un colţ obscur? Sau din contră, să fiu altcineva decât eu însumi? În fine, vom vedea …

CAPITOLUL 8

Am luat prima maşină şi am pornit către Andrei. Ştiam strada, mai fusesem acolo, e adevărat, cu multă vreme înainte. Când am intrat pe strada Icoanei, am recunoscut casa. Înăuntru toată lumea venise înaintea mea, dar nu era nicio problemă din partea lor. Repede, se facură prezentările. Raluca era tot aşa cum o ştiam, parcă un pic mai plinuţă. Poate îi pria căsătoria. Sora sa, Florentina era, cred, cu cinci ani mai mică decât ea, avea cam douăzeci şi cinci de ani, însă putea fi şi mai mică. Avea părul tăiat scurt şi de asta cred că nu-mi plăcuse.

Într-un colţ însă, într-un fotoliu (colţul meu obscur!), fără să o văd, o simţi-i pe ea! Sau mai bine zis pe EA! Când se ridică să ni se facă prezentările, nu lăsă ţigara din mână, îmi zâmbi şi îmi întinse mâna, zicând scurt: "Anca Predescu, încântată!". Dacă era frumoasă, dacă era idealul meu de frumuseţe? Parcă mai conta? Credeţi în dragoste la prima vedere? Eu până la ea nu . I-am răspuns şi eu: "Paul Voicu …" şi deja imi furase toate cuvintele. Noroc cu gazda, care începuse să spună că am fost un hoinar şi azi începusem lucrul acasă. Anca se pare că ştia câte ceva.

– Eu sunt profesoară la Liceul de fete, profesoară de istorie. Îmi place mult, însă câteodată mă plictisesc şi mi-aş face bagajul, şi cu primul tren aş ajunge la Iaşi la ai mei…

– Ah, sunteţi din Iaşi? Am întrebat eu…

Ea se strâmbă (voi adora mai târziu mutriţa ei în postura asta) delicioasă şi mă taxă că nu vorbim la "per tu"!

– Eşti din Iaşi? … repetai eu parcă mai liniştit…

– Da, sunt din Iaşi. Te ştiu de la Lioara! Eu înghetasem… Toată lumea ştia de treaba asta? Anca simţi starea mea şi schimbă subiectul parcă dându-mi timp să mă adun.Astfel, am aflat că îi place să vină de la "fetele ei" şi acasă să o aştepte un ceai cald şi focul jucauş în sobă, că îi plac prăjiturile cu frişcă, să meargă la film şi că ar vrea să lase ţigările, dar nu are un motiv serios.

– Lasă-le pentru mine, vreau să fiu eu motivul tău serios! m-am auzit eu zicând.Parcă eram dualist, cel care vorbea şi cel care era uimit! Anca făcu ochii mari, avea ochi negri, dar nu zise mare lucru şi nici nu cred că s-a supărat.

În seara aia toată câtă am avut de stat, am stat doar cu Anca. Nu înţelegeam ce ni se întâmpla şi parcă şi ea îşi uitase graiul acasă. Însă parcă ne întelegeam din ochi. Ceilalţi oaspeţi ne lăsaseră în pace, iar pe Andrei l-am văzut mulţumit. Se prevăzuse totul? Căzuse pe amândoi păcatul amorului la prima vedere? Nu ştiu!

Am dansat observând că ne potriveam perfect şi la înălţime. Era o idee mai scundă decât mine. Am mâncat, am râs, am stat de vorbă şi parcă gheaţa se topea, parcă muntele provoca în noi avalanşe de zăpadă. Pe la miezul nopţii am hotărât să plecăm. De fapt, să o conduc acasă. Stătea aproape, la o mătuşă care nu o teroriza prea tare cu programul. Am luat-o pe jos. La început am mers unul lângă altul, însă apoi am dorit s-o ţin de mână. Nu s-a opus. Avea o mână mică şi caldă, cu unghii lungi, dar nu înroşite de lac. Îmi plăcea! Ajunsesem la poartă. O casă veche din secolul trecut, dar solidă, frumoasă … La poartă, liliacul străjuia împăciuitor.

– Gata, aici stau eu!

– Pot să te mai văd? am zis eu repede…

– Poţi să mă suni mai întâi. Mătuşa nu se supără. Apoi mai vedem … O să mă suni dacă o să-mi reţii numărul de telefon … deci dacă o să-l reţii, o să mă mai vezi! Să vedem destinul aici!

– Spune-mi numărul atunci …şi apoi până la taxi o să-l repet. Şoferului o să-i cer o hârtie şi o să-l notez. Apoi te sun şi ne întâlnim!

– Trişorule!

– Sunt un trişor cinstit! Ţi-am spus ce o să fac. Bine….reţin….

Îmi zise numărul, apoi o sărutai pe obraz şi începui să repet întorcându-mă şi făcând semn cu mâna. Ea începuse să râdă, iar râsul ei umplu strada. Un câine începuse să latre, iar când m-am întors, râsul şi proprietara lui dispăruseră. Şoferul îmi dăduse o bucată din cartonul de la pachetul de ţigări şi un creion neascuţit, dar era destul … îl scrisesem! Eram fericit! Îmi doream să ajung mai repede acasă, la focul meu din odaie şi la ceaiul meu cald.

Ai mei se culcaseră demult, aşa că nu am mai purtat discuţii cu nimeni în seara aceea. Doar cu mine. Am adormit cu Anca în gând. Oare şi Anca adormise gândindu-se la mine?

CAPITOLUL 9

A doua zi plouă. Ploua cu galeata şi parcă îşi simţea sub birou şosetele umede în pantofi. I se păru ciudată seara trecută cu Anca, însă îi plăcuse. Era hotărât să se bage cu capul înainte în aventura asta. Că doar nu se întampla să fie chiar dragoste la prima vedere. Aseară însă credea că sentimentul acesta putea fi posibil. Scoase din buzunar bucata de carton cu numărul ei. Parcă era nebun aseară. Să repete cu atâta tenacitate până la maşină numărul de telefon şi nici nu era greu …

Poate o să afle Lioara căci Anca e de acolo, din Iaşi! Merită să-i vadă reacţia! Însă Anca merita asta? Poate că da! Parcă a fost prea dispusă aseară, şi disponibilă. Ce prostie! Deja gândesc urât despre o femeie pe care nu o cunosc deloc. Ea poate ştie ceva despre mine, însă eu ce ştiu? Merită ea s-o judec simplist? Cred că nu. S-o sun? Era prânzul. Cu siguranţă era încă la liceu. Da, o s-o sun! Merită s-o fac pentru mine şi neapărat s-o uimesc pe Lioara.

Lioara m-a uitat cu siguranţă, e măritată şi nu în ultimul rând a durut-o totuşi. Ruperea aşa-zisei logodne, după ce totul era aranjat pentru nuntă şi trusoul gata acasă. Mai fusesem şi bădăran, scriindu-i că-i dau banii pentru cheltuielile vestimentare de la Paris. Mi-aduc aminte faţa ei răvăşită şi plină de uimire. Maică-sa spusese: "Destul! Trusoul e pregătit, dar pentru nunta cu altcineva!" Atât şi nimic mai mult. A recăsătorit-o şi, pare-se că e cu acelaşi bărbat, poate se liniştise, poate e fericită…

Mama spunea că nu trebuie să fac alţi oameni să sufere, deci mă hotărâsem să nu amestec pe nimeni şi să încerc măcar s-o cunosc pe Anca şi poate, cine ştie… O să aştept până către sfârşitul programului meu şi o s-o sun de la minister, poate o să ne întâlnim la şosea pe înserate.

Tanţi intră şi tresări. Îmi lăsă mai multe acte de studiat şi semnat. Mă lăsă în pace, văzuse că nu eram pe acolo decât cu trupul. Am hotărât să mă întorc totuşi în birou cu totul şi am început să lucrez la documentele de pe masă. Nu era greu şi mă pricepeam. Treaba mergea repede şi tot aşa şi timpul trecea. Am pus apoi mâna pe telefon, puţin crispat, şi am sunat. A răspuns cineva.

– Bine draguţă, aşteaptă puţin! Eu sunt mătuşa ei. Mă duc să ţi-o aduc! Veni destul de repede.

– Bună,Anca, sunt Paul! Nu am pierdut numărul! Vii cu mine diseară la şosea? Ştiu un local acolo foarte drăgut. În loc de răspuns, acelaşi râs de aseară....

– Domnule Paul, dar cât de direct eşti!

– Am dreptul la o întâlnire! Am reţinut numărul! Chestiune de destin, îţi aduci aminte?

– Da, îmi aduc aminte! Dar ştii ceva? Hai tu la noi, e mai cald şi mult mai intim. Mătuşica mea face nişte aperitive foarte bune! Ce zici? O să ieşim când o să fie mai frumos afară.

M-am gândit puţin şi nu mi-a displăcut ideea. La urma urmei poate e mai bine pentru amândoi să nu ne "compromitem încă". Am acceptat şi am întrebat de oră.

– Vino când vrei tu. Noi te aşteptăm până dimineaţă dacă vrei! Te aşteptăm! O s-o cunoşti pe scumpa mea mătuşică. O să-ţi placă! E din altă epocă. O să vrei să vii mereu la noi.

– Şi eu am ceva în genul mătuşii tale. O cheamă baba Ionica. E un fel de doică, a ajutat-o pe mama cu mine de când m-am născut. Poate o s-o cunoşti şi tu în curând!

– O, prezentări în familie? Şi râsul ei se auzi iar ... Paul, te aşteptăm să vii!

_ O să vin! Pe curând, sau ... pe mai târziu!

Am închis. Îmi plăcea din ce în ce mai mult situaţia. Poate mă liniştesc mai repede decât speram. Acasă mă aştepta o scrisoare din Anglia, de la Arlett. M-am posomorât, dar am zis că e trecut.

Arlett îmi spunea, parcă îi văd mutriţa de fetiţă alintată, că se plictiseşte, că de ce am plecat? Când vin? Nu-i venea să creadă că nu mă mai întorc. Credea că ambasadorul o şicanează. Să vină ea? (Am îngheţat!) Dar, din restul scrisorii, nu reieşea hotărârea ei. Mă ruga să o sun şi să mă întorc. Îi era dor de mine! Începuse să îmi amintească de momentele de pasiune. (Mă scandaliza!) Femeia asta poate să vorbească de aşa ceva într-o scrisoare care putea ajunge în mâinile oricui? E nebună! Trebuia să o termin! Am rupt scrisoarea bucăţele şi parcă nici focul nu era de ajuns pentru a o nimici. M-am enervat şi gata! Însă m-am ambiţionat şi mai tare cu asta. M-am hotărât să mă destind pentru că vroiam să merg la Anca. Anca devenise un fel de magnet pentru mine. Ea trebuia să mă ajute să iubesc sincer. Nu puteau fi două femei la fel. Apoi Anca nu era măritată, deci nu era un soţ la mijloc. Mama mă trezi din visare şi mă chemă la masă. Atunci le-am spus alor mei că merg la o întâlnire diseară.

– Cu o fată? mă întrebă mama repede.

Parcă era prea repede pusă întrebarea, oare doar la asta se gândeau ei?

– Da! O cheamă Anca şi e profesoară la Liceul de fete. Am cunoscut-o la Andrei.

– Îţi place? se băgă şi tata ,care nu era tocmai specialist …

– Da, cred că da. Însă e prea repede să spun asta. E din Iaşi şi stă la mătuşa ei aici.

– Ca Lioara, continuă tata….

– Da, ca Lioara! Însă pentru mine vreau să sper că va fi un nou început.

M-am ridicat de la masă apoi m-am gândit că poate la Anca o să mă mai destind. Aveam nevoie, prea multe într-o singură zi. Am dat drumul la apă şi parcă sunetul mă liniştea. Totul e trecut , de ce revine? Să revină! O să mă descurc eu! Trebuie! De Paşti o aduc aici pe Anca, cu tot cu matuşă! Să ne cunoască, să ne legăm mai bine unii cu alţii. Să scap! Să ajung la mal!

Nu ştiu când m-am îmbrăcat, dar am vrut să plec repede spre Anca. M-am bucurat că am fost direct cu ai mei, ştiau deja. Ştiau unde mă duc şi cu cine. "E bine să nu-ţi minţi părinţii nici la 30 de ani!" am gândit eu cu suflet de copil trecut puţin în adolescenţă.

CAPITOLUL 10

Am fost norocos! Am ajuns repede. Am sunat la poartă şi m-au întâmpinat cu o oarecare nerăbdare amândouă. Mi-a plăcut foarte mult asta. Mătuşa ei era tare blândă. Cel mai mult mi-a plăcut casa. Când am intrat, totul mirosea a bunic si bunică, A gutui şi mere puse în paner, în odaie. Avea un iz de secol trecut. Tinereţea doamnei Aida! Noi acasă ne-am schimbat mobila cu multă vreme în urmă (cu plânsetele mamei şi a babei Ionica cu tot!), aşa că parcă regăseam ceva aici.

Mătuşa era văduvă, aşa că îşi chemă de la Iaşi nepoata să nu stea singură. Şi bine făcu! Anca studiase şi acum era profesoară şi stăpâna unică a destinului său … încă. M-au poftit în sufragerie unde focul ardea bine şi era cald. Pe masă erau tot felul de platouri pline cu "nimicuri din bucătărie", însă acestea erau delicioase. Se legă o conversaţie sinceră, caldă şi parcă trăiam o poveste. Matuşa era nevastă de general, Mort, săracul, la sfârşitul războiului lăsând acesteia ceva avere. Trăia decent. Copii nu avusără. Generalului îi plăcu Anca, aşa că mătuşa Aida consideră de datoria ei s-o aducă pe Anca la ea. A fost şi dorinţa lui.

– Anca mi-a spus că ai lucrat la legaţia noastră din Anglia.

– Da, este adevărat. Acum însă m-am întors definitiv, sper . (mă uitai la Anca cu subînţeles, de ea depindea totul). Anca îmi zâmbi şi lăsă capul în jos. Lua o prăjitură şi începu să o ronţăie cu dinţii ăia perfecţi. Întelesese unde băteam şi cred că se gândea că în curând avea să purtăm o discuţie serioasă doar noi doi. Era prea repede? Nu cred că m-a interesat, nici nu a contat atunci. Aşa simţeam, aşa acţionam!

– Îţi place să te plimbi în Cişmigiu? mă întrebă .

– E frumos, cel mai mult îmi place primavara acolo. Să văd frunzuliţele alea verzi, doar atunci vezi verdele ăla crud.

– Urmatoarea duminică o să te invit la o plimbare acolo. Sper să fie frumos afară.

– Ieşiţi copii, mergeţi şi bucuraţi-vă de tinereţe! (Cred că doamnei Aida i-am devenit simpatic, îmi plăcea să cred asta din toată inima!) E frumos, şi eu mergeam acolo şi mă plimbam când trăia generalul şi când mă ţineau încă picioarele.Am sporovăit fără să mă uit la ceas. Era trecut de nouă jumătate.

– Vai cât de repede a trecut timpul! S-a făcut târziu şi mâine e din nou dimineaţă, cu multă treabă.

– Să mai vii!

M-am oprit în poartă pentru a doua oară. O luai pe Anca în braţe şi mă uitai la ea.

– Anca, ce-mi faci tu mie? Niciodată nu am simţit cu asemenea viteză ce simt eu pentru tine acum! Mă simt bine şi liniştea şi pacea parcă tronează în inima mea.

– Şi la mine e la fel. Cred că aş merge cu tine la capătul lumii, cu ochii închişi, doar ţinându-te de mână…. Vrei să fii ghidul meu? mă întrebă .

– Da, cred că vreau mai presus de mine ….

– O să mergem duminică în Cişmigiu? Indiferent de vreme?

– Da, o să mergem! Însă până atunci (adică mai erau două zile) o să mai vorbim la telefon.

– În astea două zile o să-mi fie dor de tine! Cred că după ce ne căsătorim, o să avem mereu fursecuri în casă!

– Îmi place să te aud cum ronţăi ca un şoricel! Ea începu să râdă, iarăşi crescură cu o măsură sentimentele mele.

Cu Anca simţeam că nu mă interesa trecutul ei, cu cine mai fusese şi pe cine iubise. Simţeam că veşnicia mea începe şi se termină cu ea. Am simţit-o cum se scutura de frig şi am strâns-o mai tare.

– Anca, mergi în casă! O să îngheţi!

– Bine, cum vrei tu.

– O să te mai sun. Am sărutat-o scurt, ca din întâmplare. Era ceva parcă firesc şi normal să se întâmple. Am sărutat-o pe gură şi îmi plăcu tare mult. Dar doar o dată … Ea făcu ochii mari şi se lipi de mine.

– Cu bine, Paul! Ai grijă de tine până duminică! Fii al meu! şi-mi puse un deget pe frunte. Am să aştept telefonul tău….M-am desprins cu greu, dar am făcut-o. Altfel, cred că răceam amândoi. Am auzit în spate poarta. Am plecat pe jos, cât putea să dureze până acasă?

Anca venise peste mine ca o alunecare de teren. Eram sincer fericit. Îmi plăcea liniştea asta pe care mi-o oferea. Ochii ei mari, miraţi, îmi ofereau tihna pe care o doream. M-am bucurat că nu a plouat. Am obosit până acasă, dar parcă nimic nu conta, doar Anca. Mă gândeam să-mi iau o casă undeva, să stau singur, s-o mobilizez pe Anca. Să pună amprenta Anca peste tot, să pună balsam pe rană. Acasă eram fericit şi se vedea. Mama a înţeles şi era fericită. Şi tata era, dar nu lăsa prea mult să se vadă. Însă eu am văzut:

    – Profesoară, deci ....

    – Da!

    – Nu e rău!

Apoi plecă la ziarele lui. Fostul magistrat, tata, era liniştit , puteam să sper.

CAPITOLUL 11

Cele două zile au trecut destul de repede. Toată lumea parcă simțea schimbarea. Cu Anca am vorbit la telefon. Îmi povestise despre o fetiță de la școala ei: Ana. Ei îi plăcea mult fata asta. Eu am început să-i povestesc de-ale mele (parcă eram seara la noi acasă povestind de peste zi!). Mama era curioasă să o vadă. Mă înnebunea cu întrebările ei.

— Să vină la noi!

— O să vină de Paști! Mai e puțin până atunci. Aveți timp să vă pregătiți.

— Da, bună idee , zise tata. Să vină cu mătușa ei, să vină ca în familie, dacă nu se duc nicăieri.

— Nu merg nicăieri. Stau în București. Mă surprinse tata , il știam puțin băgăreț în treburile astea .

— Nici la familia ei din Iași?

— Nu, nici acolo. Cred că o să meargă în vacanța de vară. (Eu ce o să fac în vacanța ei fără ea? O s-o conving să stea și în București!) Anca spune că e prea din scurt.

— Nicio problemă atunci. Să vină la noi! Să te prefere pe tine! Eram uimit. Tata era altfel, cred că îl blagoslovise mama. Cred că îl convinsese de necesitatea ca eu să rămân aici lângă ei. Nu știu ce făcuse, dar mama reușise. În două săptămâni Anca va fi la masa noastră.

Aprilie parcă începuse să fie mai generos, se încălzise și toți mugurii se umflaseră, unii mai rapizi chiar înfloriseră. Liliacul Ancăi era alb. Mie îmi plăcea cel mai mult liliacul alb. Mi se părea așa imaculat. Era parcă un semn că înflorea la poarta celui de care îmi plăcea.

— Ai văzut liliacul? mă întrebă ea când m-am dus s-o iau …

— Da, l-am văzut!

— Am pus și în casă câteva crenguțe. De acum, cu siguranță e primăvară.

– Anca ia-ţi haina, strigă mătuşa. Era s-o uite, noroc că avea cineva grijă. E tot răcoare, chiar dacă a înflorit liliacul. Anca zâmbi, eu îi zâmbeam… Plecarăm.

Anca avea o energie care parcă mă încărca şi pe mine. Toată plimbarea a mers repede, a gesticulat şi a vorbit ca o vrabiuţă ziua, după ce se opreşte ploaia. A şi alergat, iar eu, bătrânul de mine, i-am făcut faţă. Am început să ne facem confidenţe. Nu era singura fată la părinţi, asta o ştiam. Începuse să-şi descrie cei doi fraţi. Părinţilor le-a fost greu s-o lase la Bucureşti, printre străini, însă mătuşa Aida reuşise imposibilul. Într-un final se consolaseră şi erau multumiţi. Fraţii ei erau mai mari, căsătoriţi deja. Ea singură, rebelă, nu voia însă. Le spunea mereu că nu găsise încă.

– Căsătoreşte-te cu mine Anca! Am venit şi m-ai găsit!

Ea râse dar apoi deveni serioasă. Pentru că eu am rostit cererea foarte grav. Am luat-o de mână, să nu mai fugă. Să stea să gândească.

– Paul, e prea devreme, nu crezi?

– Nu cred. Asta vreau eu acum. Cred că nu vreau să mai pierd timpul preţios. Tu ce simţi?

– Eu simt la fel, te vreau mai presus de timp, de existenţă, de răutăţile inerente. Îţi spun da, cu o condiţie….

– Care?

– Să facem nunta la începutul lui septembrie, de ziua mea. M-am uitat, ziua mea pică sâmbăta. Ne logodim şi ne liniştim. Te duc acasă la Iaşi în vacanţa de vară şi gata.E drept că nu vroiam să mă căsătoresc cu ea mâine, azi, cât mai repede! Dar nu am zis nimic. Cred că era mai bine cum gândea Anca. Ea mă simţise.

– Nu te supăra! Sunt aici, nu plec nicăieri.Uite, ne logodim de Paşti. Ce zici? Îi anunţ şi pe ai mei, am timp, două săptămâni.

– De Paşti? Bună idee. Mergem la mine să-ţi iau măsura la deget pentru inel?

– Mi-l arăţi?

– Da, de Paşti când o să ţi-l dau. O să pun un genunchi jos şi o să te rog să-mi fii soţie. Atunci o să-l vezi!

– Până atunci, nu?

– Nu!

– Răule!

I-am zâmbit şi ea mă sărută scurt rupându-se de mine. Era deja după un copac.

– Anca, hai lângă mine, sunt bătrân, râsei eu. Ea se gândi, se uita la mine şi veni legănându-se.

– Hai să mergem să mâncăm. Am îngheţat de frig. Cred că te-ai zbenguit destul. I-am aşezat părul rebel şi o luai de talie.

– Hai! Parcă şi mie mi-e foame!

Am găsit un restaurant micuţ unde parcă toată lumea venea să caute discreţie mai mult decât mâncare. A fost frumos, dar scurt. A trebuit apoi s-o duc acasă. Duminica era pe sfârşite şi ea trebuia să corecteze nişte lucrări.

– Anca, promite-mi că nu te răzgândeşti!

– Nu, nu o să mă răzgândesc, pe 2 septembrie ne vom căsători şi apoi mergem în vacanţă o săptămână! Săptămâna noastră!

– Mâine vii cu mine la bijutier?

– Da, voi veni, chit că eu nu o să aflu nimic….

– Bine! Salut-o pe doamna Aida.

– Nu intri?

– Nu, mă duc să visez la tine. Mă duc acasă.

– Pe mâine!

– O să te sun de la minister! Să fii pregătită! Eşti emoţionată?

– Puţin… (Eu mă gândeam că Anca cu siguranţă nu e Lioara şi totul o să fie bine. Poate Anca se gândea la acelaşi lucru.)

Am luat-o în braţe şi iar se lipise de mine. Parcă mă implora să nu o ranesc. De altfel, nu mă întrebase nimic de Lioara. Cred că vroia să viseze şi să fie bine. Ea era Anca! Anca mea! Am sărutat-o şi i-am dat drumul.

– Te iubesc, Anca! …

Ea veni lângă mine şi îşi puse capul pe umărul meu, apoi se desprinse cu ochii în lacrimi.

– Pe mâine!

Fugise deja, iar eu rămăsesem cu mâna goală. Doar liliacul îmi spunea că o să fie bine. El era ca o garanţie a lucrurilor înfăptuite.

CAPITOLUL 12

Anca închise uşa fără zgomot, se lipi de ea şi rămăsese aşa tăcută, parcă fără suflare."Paul m-a cerut în căsătorie! Paul mă iubeşte! Paul e al meu? Oare eu îl iubesc? Oare eu ce simt?" Mătuşa veni şi o văzu crispată.

– Ce e cu tine?

– Paul m-a cerut în căsătorie! Vrea să mergem la el de Paşti. Să ne logodim de Paşti! Mâine vrea să îmi ia măsura la deget pentru inelul de logodnă. Am fixat ziua căsătoriei de ziua mea!

– Ţi-e frică? zise bătrâna ghicind-o … să nu te lase şi pe tine ca pe Lioara? Părerea mea, răspunse tot ea, este că nu cred să o păţeşti la fel. Cred că a treia oară va fi bine!

– A treia oară? Anca facu ochii mari…

– Da, prima dată a fugit de Lioara, a doua de o femeie din Anglia, iar a treia oară nu există pentru că vrea să se oprească. Să se liniştească. A treia oară se va căsători cu tine. Cred că a obosit să tot umble aşa fără căpătâi prin lume. Are o vârsta rotundă la care prietenii lui au copii.

– Da, cred că ai dreptate!

– Da, am,ai să vezi că aşa va fi! La tine caută tihna. Şi se pare că i-o dai.

– Ce-o să zică cei din Iaşi?

– Te referi la Lioara? Nu trebuie să te intereseze! E măritată. Au fost mult înainte împreună, când Paul era un copil. I-a fost frică! Acum e un om matur.

– Să mă duc mâine?

– Da, du-te! Lasă-l pe el să aleagă, tu ia-ţi doar măsura la deget. De altfel, e timpul să te căsătoreşti! Te-ai ridica şi tu în societate!

– Nu mă interesează societatea!

– Gândeşti greşit! Viaţa ta nu trebuie să fie doar fetele tale. O să ai copii, prietene. Poate îţi cumpără automobil şi ieşi la şosea duminica. Anca se gândea că e deja prea mult să se gândească la Paul ca soţ, darămite ca tată?

– Hai de lângă uşă! Hai la căldură! Spune-mi, eşti fericită?

28

– Da! Sunt , dar parcă prea repede...

– Aşa vine dragostea, repede. Nu stă să te gândeşti tu. Nu vine cu sunet de trompetă. Vine, doar vine şi îţi umple sufletul. Nu-ţi cere voie: pot să intru? Înţelegi?

– Da!

– Eu sunt alături de tine ca întotdeauna. De altfel nu ai mai ieşit de mult cu un bărbat şi când ai facut-o, nu a fost niciunul de talia lui Paul. Anca Voicu! sună bine, nu crezi?

– Hm! Da, sună.

– Când vă duceţi mâine la bijutier?

– După-amiază. Mergem la bijutierul unde îşi fac sau îşi cumpără ei bijuterii. La unul anume.

– Să fie bine şi într-un ceas bun!

– Mulţumesc!

Noaptea se lăsă peste căsuţa aceea în care o fată frumoasă visa cu ochii deschişi, iar o mătuşă depăna amintiri din vremurile tinereţei sale.

CAPITOLUL 13

- Bună, Anca! Ce faci? Te-ai răzgândit? zise Paul râzând ...
Te căsătoreşti cu mine?

– Ha, ha! Bună, Paul! Da! Da, mă căsătoresc cu tine, nu m-
am răzgândit!

– Cred că nu sunt destul de bun pentru tine, Anca!

– Eu cred că asta o ştiu doar eu! Iar eu sunt destul de
mulţumită!

Anca începu să râdă, iar râsul ei pătrunse până în biroul lui Paul.

– Vin după tine în jumătate de oră! O să iau o maşina şi vin.
Am vorbit deja, ştii tu unde, ne aşteaptă.

– Bine, Paul! Voi fi gata!

Pe drum Paul se gândea: "Mă căsătoresc ... Ce bine! Totul o
să iasă aşa cum trebuie din cauză că fata, adică vitoarea mea soţie e
aşa cum trebuie. Nu le-am spus alor mei! Iar lui nenea Costache,
bijutierul i-am lăsat interdicţia de a suna la ai mei. I se păru nostim,
dar cedase. Deseară la cină am să le spun. O să fie poate surprinşi,
însă e alegerea mea. O să-mi cumpăr o casă micuţă ... e bine că nu
am cheltuit prea mult din ce am caştigat până acum! O să fie nu
foarte mare ,dar să aibă o grădiniţă. O să aduc de la mătuşa Aida un
pui de liliac care să ne amintească de începuturi toată viaţa. De
mobilat,o să mă mai gândesc. O las pe Anca să aleagă sau fac
surpriză totală! Mă ocup tot eu! Mai vedem…"

Maşina claxonă la poartă. Nu am aşteptat mult.

– Eşti emoţionată, domnişoară?

– Sigur că sunt! E prima dată când fac asta.

– Dar eşti puternică, vei face faţă emoţiei. Soţia mea este
tare! Eu încercam să fac haz de ea, iar ea mă lovi uşor cu pumnii,
protesta! Vai, domnişoară Anca, iertaţi-mă! Sunt şi eu emoţionat!
Moş Costache ne aşteaptă! Trebuie să spun că s-a uitat lung la Anca.
Ea îi zâmbi ca la doctor.

– E frumoasă fata ta, Paul! Îmi place! Îşi aduse măsurătorile
şi totul fu repede gata. O laşi să se uite la modele?

– Nici vorbă! Treaba ei s-a terminat! O să-ți dau eu modelul și aurul e acasă, nu l-am luat. Important e că am prins domnișoara, nu crezi, nene Costache?

– E drept ce zici tu! ...

– Anca, noi am terminat,să-l lăsăm pe nenea Costache în pace. Ne-a așteptat destul!

– Lasă că nu a fost greu! Apoi eram și eu curios. Sunt mândru că ți-am văzut nevasta înaintea lui taică-tău!

– Chiar așa! Mâine vin iar la tine, vin pe la ora patru când ies ca să-ți dau totul.

– Pe mâine atunci! Îmi pare bine că te-am cunoscut, Anca! Sper că la verighete o s-o lași pe ea să aleagă.

– Acolo da, cu plăcere.

Plecarăm. Acasă am aflat că nenea Costache nu a putut și a comis trădarea prin telefon. Când am ajuns acasă, ai mei știau deja. Erau fericiți! Nenea Costache le-o descrisese și păreau mulțumiți.

– O să ne logodim de Paști! Aici, la noi acasă.

Femeile luaseră foc! Trebuiau să facă și alte pregătiri. Veneau ai ei de la Iași?

– Cred că da! Anca le spune în seara asta.

Și uite așa, mama luase foc și avea ocupație. Mai erau 13 zile până la Paște. De partea cealaltă, o anumită casă din Iași intrase și ea în nerăbdările pregătirii. Unica lor fată se mărita! În sfârșit! Și nu oricum, bine de tot chiar. Cred că în seara aceea și eu și Anca ne doream să rămânem singuri, fiecare în camera lui. Să ne gândim la o viață nouă. Fiecare peste puțin timp va fi legat de cineva, iar locul din pat, gol acum, va fi al alesului, după caz, a alesei. Eu mă întinsei ca o broască în pat, care are încă suficient loc și am adormit.

CAPITOLUL 14

Zilele mele la serviciu erau identice. Nu erau prea multe complicaţii. Aveam timp să mă gândesc la mine şi la Anca.

Ne-am logodit frumos cu multe lacrimi şi mari emoţii. De Paşti era atâta lume la noi! De fapt, anul acela, Paştele era egal cu logodna mea. Anca era frumoasă şi emoţionată, zâmbea întruna. Cel puţin când i-am pus inelul pe deget în faţa atâtor oameni se pierduse cu totul. Inelul i-a plăcut foarte mult, avea pietre albastre. Am întrebat-o solemn dacă vrea să-mi fie soţie şi abia a mai avut putere să zică da. Mi-aduc aminte că lacrimi îi şiroiau pe obraji, făcând dungi în pudră. Nu pot să spun că eu eram de fier, dar mai făcusem o logodnă demult.

Am vrut să am casa mea până la nuntă, aşa că am cumpărat una cu două dormitoare, un salon, o bucătărie şi o sală de baie. Am preferat una mică, dar cu gradină în faţă. Pe mama am pus-o să se ocupe de aranjat. I-a reuşit! Ancăi i-a plăcut, am dus-o s-o vadă la sfarşitul lui august, ca din întâmplare. De-abia aşteptam să ne căsătorim, să se termine cu forfota asta nebună, cu pregătirile astea interminabile. Peste o săptămână, Anca devenea doamna Voicu!

Toţi ne întrebau unde o să mergem după nuntă, câţi copii o să avem. Noi căutam liniştea şi nu o găseam, până am dus-o pe Anca la casa noastră. Era tare fericită, chipul ei exprima tot ce o mulţumea. Îi plăceau mobilele. Mi-aduc aminte că ne aşezarăm pe canapea şi lăsarăm liniştea între noi. Cred că atunci am fost fericit. A fost o surpriză să-i arăt cuibul ei plin de vise. Şi nu mai dori să aştepte. Anca a înflorit pentru prima dată! Mi se dăduse. Era fericită! Era în casa ei!

Îmi aduc aminte că la nuntă m-a tulburat teribil. Era atât de frumoasă! Toată lumea din biserică o privea. Alesese o rochie simplă care o punea în evidenţa pe ea, dar şi tinereţea ei. Aveam într-adevăr o nevastă frumoasă, toţi m-au felicitat, până şi ministrul ... Îmi amintesc şi de voiajul de nuntă şi de vestea că Anca deja aştepta copilul nostru. Copil făcut în casa noastră. Eram ameţit de atâta fericire şi îmi era frică! Parcă totul era prea frumos ca să fie real.

Sarcina ei era destul de dificilă, iar spre sfarşit, Anca nu se mai duse la şcoală. Stăteam seara cu ea în braţe şi îmi era frică. Vroiam s-o am pentru toată viaţa. Sângera căteodată, iar doctorul ieşea din cameră tăcut şi nemulţumit.

– Paul, o să-ţi las copilul şi o să plec! Ai să vezi! Îmi e tare greu....

– Anca, nu va fi aşa! Te rog! Nu-mi lua fericirea! Anca zâmbea şi închidea ochii.Îmi ceruse să mă mut în cealaltă cameră, să nu o mai văd cum se chinuie., însă eu stăteam nopţile în salon. Toţi vedeau că nu îmi e bine. Umblam nears, iar mama stătea cu noi. Doream să se termine odată, să treacă, să nască şi să revină ea, cea dinainte.

Anca născu o fetiţa, pe care a apucat s-o vadă. Mie, printre lacrimi, cu ultimele puteri, îmi spuse să o uit, dar pe fetiţă mă puse să jur că o voi iubi pentru amândoi.

– Te iubesc Paul!

Aici se termina fericirea mea! Scurta mea fericire. Însă când luai fetiţa în braţe, am descoperit fericirea de a fi totodată mamă şi tată.

– Jur că o voi iubi şi îi voi vorbi neîncetat despre tine!

Lacrimi amare mă înnecară şi atunci şi peste o săptămână la groapa Ancăi. Era luna mai. M-am dus şi am tăiat liliacul de la tanti Aida. Nu mai avea rost să existe. Nu mai vroiam martori la nimic. Mătuşa, după ce se termină, mă luă în casă.

– Tanti Aida, primeşte-mă la tine cu Anca (fetiţei îi pusesem numele ei!). Nu mai pot să calc în casa aceea, am s-o vând. Bătrâna, plânsă, mă puse ca pe un copil pe pat şi îmi mângâie obrajii.

– O să avem grijă de ea! Eu o să merg la lucru, ca să uit şi o să o creştem aşa cum ar fi dorit Anca. Mă iei la tine?

– Da, fiule! O să te ajut să împachetezi.

Repede am vândut casa. În casa tantei Aida nu vorbeam despre soţia mea decât din priviri, iar Anca mică, creştea şi se transforma într-o Ancă mare. I-am povestit despre mama ei ca despre un înger care o veghează când doarme. Eu continuam munca la minister şi uşor, uşor mi-am mai revenit. Anca mică îmi umplea sufletul şi punea balsam pe rănile greu cicatrizate. Eram fericit şi mulţumeam soţiei mele, singurei mele iubiri, că mi-o dăduse.

Fata mea se făcuse frumoasă şi o prefera dintre toate bătrânele din jurul ei pe Aida. Pe cei de la Iaşi îi vedea rar, veneau ei mai mult la Bucureşti. Parcă îmi respectau durerea şi parcă îmi mulţumeau că am rămas fidel fetei lor. Trecuseră astfel zece ani şi au apărut nori negri de război pe cer. Parcă înnebuniseră nemţii, vroiau să cucerească tot. Fetiţa mea creştea şi semăna leit cu mama ei: şi în tăceri, şi în râset, şi în privirea mirată cu ochii mari.

Eu am început să am păr alb, aveam 41 de ani, trecuse vremea, însă nu o vroiam înapoi. Mă gândeam că am trăit şi voi trăi doar pentru Anca mică (încă îi mai spuneam aşa). Aventuri nu mai aveam şi nici nu vroiam să mă recăsătoresc. Mama, gârbovită de ani, îmi mai amintea că nu ar fi rău, că încă sunt tânăr. Mie îmi era frică. Ce femeie ar fi putut s-o iubească pe Anca fără să o rănească? La mine nu mă gândeam deloc, doar la sufleţelul care, când veneam de la minister, îmi lua geanta, o punea jos şi pe care apoi îl simţeam cald şi lipit de al meu.

Nu vroiam să risc fericirea. Eram fericit cu copilul meu şi cu amintirea caldă a mamei lui încă vie şi fierbinte în inima mea. Însă, se vede treaba că mai aveam de furcă până la urmă.

CAPITOLUL 15

Se zvonea la minister că neutralitatea asta nu va mai dura mult. Şi eu credeam la fel. Mai devreme sau mai târziu, Antonescu va rupe neutralitatea. Eram cam neliniştiţi şi toţi şuşoteam între noi. De Primul Război scăpasem, însă de-al doilea nu eram sigur. Oare unde aveam s-o las pe Anca? Poate trebuia să plec în afara ţării, dar unde era sigur în astfel de condiţii?

Şi într-adevăr în iunie 1941, Antonescu rupse neutralitatea, eram în război şi de partea nemţilor. Zi tristă pentru mine, cu siguranţă aveam să primesc un ordin acasă prin care mi se cerea să nu părăsesc oraşul. Oare ce va fi când vor fi bombardamente? Unde vom sta? Acum eram mai matur şi îmi era teamă pentru sufleţelul cu ochii mari pe care mi-l încredinţase icoana încă vie din sufletul meu. Poate Anca ne va veghea de sus, nu putea fi altfel!

Mă gândeam că poate dacă nu va putea sta cu mine sau în Bucureşti, s-o trimit la Iaşi la neamurile mamei sale.Doar că nu se cunoşteau şi aveau o relaţie cam platonică. Nici verişorii nu şi-i cunoştea foarte bine. Gânduri negre de părinte singur mă încercau. Poate nu o să intrăm efectiv în războiul ăsta comandat din fotoliu de nişte capete prea înfierbântate. Îmi scuturai capul de atâtea gânduri. Trebuia să trecem peste asta. În fond, nu eram singur. Războul nu va dura o veşnicie.

Maşina mă lăsă la poartă. Am intrat în casa unde tanti cu Anca mă aşteptau cu urechea lipită de aparatul de radio. Teama mea era şi a lor. Bineînţeles că Anca nu o percepea la fel ca noi, însă simţea în aer o anumită nelinişte. Oricum Anca era o fetiţă care învăţase să crească prea repede, lipsa mamei ei o maturizase mai iute. De când începuse să priceapă, îşi umpluse odaia cu fotografii de-ale mamei sale. Punea multe întrebări. Cred că avea o relaţie cu mama ei. De câteva ori, când mă mai trezeam noaptea să beau apa, lumina electrică era deschisă la ea în camera şi o auzeam vorbind cu mama ei. Ea punea întrebări şi la foarte scurt timp răspundea tot ea. O singură dată am intrat. Am luat-o în braţe, apoi a început să plângă. Mi-a spus că "toate celelalte colege au mamă". Mamele lor vin să le ia de la şcoală, după ea se ducea tanti Aida, sau nimeni, venea singură, era aproape.

– Şi tu ai mamă Anca! Doar că a ta este în cer şi nu o poţi vedea imediat. Dar te iubeşte, te-a adus pe lume şi mi te-a pus în braţe. Sufletul ei e în tine.

Gândurile astea, amintirile trecutului, mă obligau să mă gândesc să rămân în viaţa după acest război. Trebuia cu orice preţ să fie bine pentru noi într-un final. Nu neg că îmi era frică. Am luat-o pe Anca în braţe şi i-am promis că o să fie bine. Dacă trebuia să plec, aranjam eu să nu fiu în prima linie.

– Bine tată!

–Acum la masă, poate nu va fi mare lucru, zise tanti Aida.

După masă am vorbit la telefon cu ai mei. Erau şi ei îngrijoraţi, însă mi-au spus că, dacă va fi nevoie, vom merge cu toţii la conacul de la Amara, moştenire a mamei. Exact! Cum nu m-am gândit? Era un loc retras, era mai bine decât oriunde. Era o soluţie bună, aşa că mă liniştisem.

Tanti Aida încuviinţa şi ea, iar Anca rămânea cu cei pe care îi cunoştea.Cu mine era mai greu, cu siguranţă nu mă aştepta decât înrolarea, dar speram eu, dar şi tata, că puteam rezolva ceva. În orice caz, ajungea pe ziua de azi. Trebuia să ne odihnim, indiferent ce va urma, cursul vieţii îşi va urma lin calea. M-am retras apoi în camera mea, acolo nici o ţipenie. Nici urmă de glas venit de pe stradă. Totul parcă murise cu comunicatul ăla de presă. Toată lumea credea că nu va fi bine deloc. O să cadem prost, ca de obicei.

Vântul mişca ramurile golaşe şi parcă îngânarea serii, a nopţii, venea peste noi altfel, parcă acoperişul nu ne mai ajuta să ne adăpostească. Parcă nimic nu mai era la fel.

CAPITOLUL 16

Noiembrie veni cu nori groşi şi zăpadă multă. Ne obişnuiserăm să trăim cu neliniştea în suflet. O cărăm în inimă de pe o zi pe alta, din ce în ce mai grea. La minister domnea o linişte cu iz de pericol, chiar şi ministrul era mai crispat, nu-l mai auzisem de multă vreme râzând.

Tanţi era însărcinată, după atâta vreme. Era fericită, mai plină ca vârstă cu 10 ani, dar pe cât îi era bucuria de mare in suflet, pe atât de repede se întrista. Murise soacră-sa cu ceva timp înainte şi parcă era ca la început cu soţul său. Erau liberi. Şi când să se bucure, hop războiul! Însă când îşi mângâia pântecul, uita de tot. Avea o sarcină fără probleme, m-am bucurat să aflu asta.

– Voi reuşi eu cumva! Acum merită să trăiesc! Am un motiv puternic.

– Ce ai vrea să fie?

– Habar nu am! Poate băiat, mă gândesc că e mai simplu …

– Crezi?

– Zic şi eu, va fi binevenit orice, nu contează, sănătos să fie!

– Aşa e. Anca mea e un copil care nu mi-a făcut probleme de niciun fel. Ce frumos ninge! Parcă ne îngroapă zăpada asta. O să fie frumos de Crăciun. Lumea o să mai uite, o să cumpere cadouri şi o să aibă pom împodobit, celor cărora le place de fapt să-l facă. Da, chiar aşa…ce cadou să-i dau fetiţei mele?

– Cred că tu eşti cadoul ei, Paul! Nu e fetiţă care să preţuiască dragostea ta mai mult ca ea. Fă-i bradul, focul în sobă, ia-o în braţe şi e cam suficient pentru sufletele voastre.

– Cred că ai dreptate. Oricum mai e până atunci, deşi timpul va zbura ca vântul…

Aşa a fost! Luna decembrie parcă în toate birourile devenise mai puţin crispată. Femeile îşi descriau una alteia toaletele de sfârşit de an. E adevărat că sindrofii nu prea mai erau premise, dar acasă, în familie, doreau să fie frumoase şi elegante. Magazinele erau ticsite de mărfuri de sezon. Vitrinele erau pline de jucării. Cofetăriile nu mai făceau faţă la comenzile doamnelor.

La noi se preferau în mod tradiţional preparatele făcute acasă. Tanti Aida şi mama făceau cozonac toată ziua dinaintea Ajunului. Însă nu ne dădeau decât după ce se săturau de atâtea rugăminţi. Totul, de la mâncarea principală la prăjituri, era făcut acasă. Mie îmi plăcea asta, nici nu concepeam altfel. Totul mirosea altfel în zilele acelea. Era cald, focul duduia, iar sarmalele forfoteau în cuptor.

La anul unde vom fi? Aici? În tranşee? Cu copilul meu ce va fi? Am început să plâng ca un copil mare cu părul alb. Lacrimile curgeau lin pe obrazul meu. Mama puse lingura jos şi veni lângă mine. Tanti Aida spuse:

- Toţi ne gândim la asta, dar nu o spuneam. Îmi e groază să mă gândesc. Tu ai fost mai puternic şi ai pus degetul pe rană. Nu ştiu unde vom fi, dar sufletele noastre îşi vor aminti de Crăciunul ăsta, oriunde ar fi. Femeile începură să plângă încetişor. Atunci a intrat tata.

– Of, Doamne, stăpâniţi-vă! E greu, dar faceţi-o pentru Anca. Ce ar înţelege ea, dacă nu mai sunteţi puternici în mintea ei?

– E nedrept! Zise mama…Ştiu! Am mai trăit-o o dată şi nu demult, parcă a fost ieri.

– Hai, afară de aici, Paul!

În seara aceea, lângă brad, Anca îşi primise cadoul de la mine. Lanţul de aur al mamei sale pe care îl purtasem în toţi anii aceştia la gât. Am atârnat de el verigheta şi inelul de logodnă, Anca le-a luat ca pe nişte trofee. Le atingea cu teamă, cu multă dragoste.

– Anca, au fost ale mamei tale. Poartă-le, păstrează-le undeva, dar nu le înstrăina deloc. Le-am ţinut eu până acum. Cred că e momentul să treacă la proprietarul de drept.

– Tată! izbucni ea,îţi este greu să te desparţi de ele?

– Nu, fata mea, au fost ale tale mereu, eu le ţineam fără drept. Anca era deja în braţele mele cu lacrimi în ochi. Avea o cutiuţă cu bijuterii, dovezile uniunii noastre, a mamei sale cu tatăl său. Toţi erau uimiţi, nimeni nu se aştepta la aşa ceva. Darurile lor nu aveau valoare. Anca le primi bucuroasă, însă mai mereu cu mâna la gât. Îşi pusese pe lanţ inelele mamei sale.

– Îmi pare rău că mama nu e aici, dar mulţumesc lui Dumnezeu pentru familia mea minunată!

Ce ştia Anca despre o mamă? Ea, care nu avusese niciuna… Anul Nou venise cu şampanie şi cu o vreme mai puţin friguroasă. Era frig, dar viscolul se oprise. Ce dorinţe şi-a pus fiecare? Oare aceleaşi pe care mi le-am pus şi eu? Să mă prindă acasă în toate zilele sale. Neamurile de la Iaşi veniseră în vizită. Şi acolo la Iaşi se vorbea despre aceleaşi lucruri.Andrei Pârvulescu, soţul Lioarei, umbla deja să umfle armata pentru război. Îi lua pe sus pe ţărani, că vroiau că nu. Îi ducea să facă instrucţie, să-i înveţe să moară pe front, fără o lumânare. Aduseseră cadouri pentru Anca.

       – Fata asta seamănă din ce în ce mai bine cu Anca noastră.

       Anca mea era rezervată, nu prea avusese multe contacte cu ei. Puţinele întruniri fuseseră destul de reci şi protocolare. Nu stătuse niciodată la Iaşi, e drept că nici eu nu m-am dat în vânt să o duc. Am fost de câteva ori însă împreună. Niciodată nu am lăsat-o acolo. În sfârşit au plecat, să nu piardă trenul, destul de aglomerat. Trenuri erau din ce în ce mai pline de soldaţi, cu ochii mari, cu obrajii supţi şi întotdeauna flămânzi.

CAPITOLUL 17

Peste câteva zile se puse o iarnă de toată frumuseţea, fără vânt, cu multă zăpadă proaspătă. La minister era linişte şi totul era monoton. Toată lumea aştepta ceva şi chiar spera ceva. Era o anumită nelinişte în aer, dar încercam să o dăm la o parte. Nu credeam ca noi, angajaţii, vom intra efectiv în război. Trebuia să gândim aşa. Un război nu aduce niciodată nimic bun: o semnătură de condei şi mii de oameni sunt târâţi în propriile tranşee. Niciodată nu va suferi cel ce semnează. Rar, când deţinătorul condeiului e pe teren, lângă supuşii săi. El este cel care pleacă primul, familia lui este întotdeauna pusă la adapost, plecată într-o ţară neutră, cu fonduri de-ajuns în bănci. Noi, cei mici, facem războiul, însă meritele le au cei mari, cei ce semnează…

Nu-mi venise acasă niciun ordin prin care eram obligat să nu plec din Bucureşti. Mă gândeam că nu o să vină. Mare naiv mai eram! De fapt, nimeni nu primise. Se făceau recrutări dintre pălmaşii de la sate, doar printre cei care trebuiau să fie carne de tun. Era o evidenţă şi un fel de bază de date. Îi învăţau să tragă cu arma şi să folosească baioneta, în caz de ceva. Trecu şi iarna. Zăpada se topise, ca de altfel şi sperantele mele. Totul se prăbuşi odată cu potopul. Am primit şi ordinul de prezentare la Comisariat. Acesta era scurt, sec şi imperativ. Să mă prezint în data de … la instituţia cutare, din strada cutare…

Îmi aranjai să mă ocup în războiul ăsta de partea nu tocmai sângeroasă, tata deschisese multe uşi pentru mine. La început, totul fusese bine, până când nebunia venise peste noi cu totul. Generalul vru să-mi dea personal vestea că nu mă mai putea ţine, trebuia să plec, să văd adevăratul război cu ochii mei. Nu mai avea oameni pe care să-şi permită să-i ţină la dos.

– În cât timp?

– În două săptămâni. Ai timp să vezi de familia ta.

Nu ştiu cum am ajuns acasă. După discuţii nesfârşite, mi-am obligat familia să plece la Amara. E mai la dos, Bucureştiul va suferi, în orice condiţii.

– Şi tu tată?

– Eu o să plec pe front! Dar mă voi întoarce în curând, sper! În câteva zile plecă cu lacrimi în ochi. Eu am rămas, mai aveam o săptămână. Nopţile nu dormeam, mă plimbam prin casă până cădeam doborât pe sofa.

– Nu-ţi stă rău în uniformă, Paul! Nu fi trist! Vei veni înapoi, ai să vezi.

Cine vorbea cu mine? Un bărbat zâmbăreţ, cu o mustaţă fină, cred că mereu aranjată. Nu-l cunoşteam. Îl priveam uimit. El veni din uşă cu mâna întinsă.

– Andrei Pârvulescu sunt! De la Iaşi! M-am detaşat aici pentru o perioadă. Vom fi împreună la bine şi la greu.

Eu rămăsesem perplex. Soţul Lioarei? Era un bărbat bine, cum ar spune femeile din familia mea.

– Lioara mi-a povestit despre tine. Nu v-aţi mai văzut de ani buni, aşa-i?

– Îmi pare bine să te cunosc! Într-adevăr, nu m-am mai văzut demult cu Lioara, ce mai face? E bine?

– Era bine când am plecat eu. Ca orice femeie, e speriată rău. Îi este frică că nu mă mai vede înapoi … râse el tare apoi. Pot să fumez?

– Te rog!

– Tu fumezi?

– Nu, nu fumez. Însă nu mă deranjează. Aveţi copii?

– Nu, din păcate nu. Însă avem nepoţi. Cred că şi Lioara s-a consolat. Nu prea stau pe acasă, iarăşi s-a pus pe râs...

Ceva nu-mi plăcea la omul ăsta! Parcă era făcut din mecanisme care se mişcau forţat. Parcă era un robot. Era colegul meu...bun, dar taman cu el mă însoţi soarta? Soţul Lioarei? O femeie atât de delicată … Şi el era destul de prezentabil, însă parcă ceva îi lipsea pentru a-mi plăcea până la capăt. Avea ochi negri, pătrunzători, ...draceşti, aş putea spune. Când te privea, te sfredelea parcă. Puţină lumea îi susţinea privirea aia pătrunzătoare.

Soldaţii din subordinea lui, mai pe urmă aveam să aflu, mureau de frica lui, iar când vorbeau cu el, priveau oriunde dar nu la el. Lui Andrei îi plăcea să conducă. Să fie autoritar. Oare şi cu Lioara? Ce destin! Să-l cunosc pe omul acesta, pe soţul Lioarei! Şi apoi fuma ca un turc. Aprindea ţigară nouă de la mucul celei vechi.

Mă afuma complet în 10 minute şi trebuia să iau aer, să deschid larg fereastra.

Oare ştia ce am fost eu pentru Lioara? Cum de se găsea în preajma mea? O făcuse intenţionat? Ce vroia? Era un om cu care trebuia mereu să fii atent, mereu în priză. Cu siguranţă ştia! M-am convins într-o seară în care veni, de unde veni, cam afumat. Am dedus că Lioara nu-l iubise niciodată. Păstrase sentimentul ăsta pentru altcineva. Mă gândeam că a venit să se răzbune. Trecuse atâta timp. Pe mine atâtea lucruri mă ridicaseră şi coborâseră în acelaşi timp. Când fu treaz, mă întrebă bănuitor dacă a vorbit mult şi despre ce.

– Habar nu am, zisei eu...

El însă cred că înţelese că vorbise în timpul beţiei. Mă sfredeli cu privirea şi ieşi. Ochii ăia, ochi de diavol! Ce a urmat? Războiul ..., un cuvânt care nu descrie mai nimic din ce am trăit atunci: primul soldat pe care l-am omorât cu mâini tremurânde şi lacrimi în ochi ..., apoi maturizarea şi uciderea cu sânge rece a tot ce era duşman în faţa, vederea lucrurilor din jur, soldaţii care cădeau în jurul nostru, seceraţi fără milă şi fără vreo vină ... la începutînchideam ochii, spre sfârşit, îi invidiam...

Ne doream moartea, ne dezumanizase războiul ăsta, nu mai conta nimic. Frigul, lipsa hranei, lipsa apei, totul, ne transformase în animale. Ba cred că mai rău! Eram ca nişte automate care trebuiau să apese pe trăgaci, când erau gloanţe, sau să îimpungă când trebuia să omorâm corp la corp. Acum nu era niciodată linişte, gloanţele şi tancurile făceau să nu-ţi mai auzi nici gândurile. Ne întrebam mereu când se va termina ... Andrei era umbra mea. Nu ştiu nici azi după atâta vreme ce de. Să se răzbune oare? Cred că era destul ce se întâmpla în faţa noastră.

Scrisorile de la Amara, rare, le purtam la piept ca pe nişte icoane. Toţi erau bine şi mă aşteptau în vreo permisie,. Curios e că Andrei nu prea primea scrisori. Mi se părea ciudat! E urât să descrii ceva ce iţi dă fiori. Cred că cine a trecut prin aşa ceva înţelege. E ceva de care nu vrei să-ţi aminteşti. Şi acum mă mai gândesc noaptea şi mă ridic lac de sudoare. Din toată durerea asta de nedescris, am ieşit uimit că sunt teafăr. Nu vreau să mai scriu despre asta.
Decât un episod care avea să-mi schimbe iarăşi viaţa.

CAPITOLUL 18

În aprilie 1944 venise primăvara, chiar şi pe front. Părea că dorinţa de viaţă renăscuse, parcă odată cu primăvara deveneam mai umani. Alţii se pregăteau de Paşti. Oare mai serba careva pe undeva Învierea lui Christos? Mai conta? Mai existau găini care să facă ouă? Copii care să le ciocnească la soare? Oare Anca mea ce făcea? Se părea că la Amara era linişte, sau...mai linişte. Toată lumea era ca o familie. Se zvonea că totul se va termina curând. Aşa credeam şi noi aici. Aveam speranţe că anul viitor va fi altfel. Nici nu mai conta cum, dar vroiam să se termine. În scurtele mele permisii nu făceam decât să ne sfâşiem inimile, mai ales la plecare. Iar în ultima parte, nici nu mai plecam la Amara. Mă hrăneam cu scrisorile vechi şi cu rarele misive pe care le mai primeam.

Însă să revenim la un alt aspect care-mi va schimba iar soarta. Unul dramatic, ca de altfel tot ce am trăit eu până acum. În acel aprilie în care lupta continua nebună, Andrei era tot ca scaiul după mine. Fusese rănit în vreo două rânduri, dar nu grav şi se întorsese. Mă aşteptam să se ceară în spatele frontului, dar nu, el dorea să stea lângă mine. Bănuiam eu de ce, însă el nu lăsase niciodată să-i scape vreun cuvânt, doar priviri grăitoare. Ştiam că va veni timpul şi pentru asta.

De obicei Andrei stătea pe burtă lângă mine, ca să nu înnebunim, spunea el. Însă în dimineaţa cu pricina avu chef de mişcare şi plecă lângă un tun. Oricum, pe el nu-l mai omoară nimeni, mai sunt alţii pe care războiul nu i-a atins încă. Aşa spunea el. Făcea oare referire la mine? Se porni deodată o răpăială care ne făcuse să uităm de primăvara. Tunurile gemeau de ambele părţi, iar cerul se întuneca. Doar o ploaie care să înmoaie jegul de pe noi mai trebuia. Şi veni cu tunete de toate felurile de nu ne mai vedeam unii lângă alţii.

Deodată, lângă noi, un pic mai încolo, am văzut şi am auzit ceva de care o să-mi amintesc în toate coşmarurile din nopţile de după război. Exploda un tun şi bucăţi mari de carne arsă sângerândă săriră peste tot. Gemetele se auzeau încontinuu de la cei care mai aveau suflet în ei.

– Paul! Paul! am auzit eu o şoaptă răguşită, parcă venită din ţinuturile morţii…

În pământ se făcuse un crater şi totul era înfiorător. Parcă mă strigă cineva! Poate nu auzisem eu bine. Deodată o idee mă făcuse să tremur. Era posibil? O sudoare rece se făcea simţită pe şira spinării. Cine putea să strige a moarte?

– Andrei? Tu eşti? Vin acum!

Mă târâi inconştient şi l-am zărit pe cel pe care îl numeam umbra mea. Îmi zâmbi schimonosit de durere.

– De data asta nu mai scap!

– Nu vorbi aşa! Ai şapte vieţi!

– Acuma e ultima, Paul! Vreau să-ţi vorbesc!

– Nu, nu acum … să chem un brancardier!

– Cred că nu mai am timp…

– Eu cred că mai ai….

Între timp targa sosi şi îl duse repede în spatele frontului de unde Andrei se mai intorsese altă dată.

–Vino când ai timp!

– O să vin, îţi promit!

Eram îngrozit! Ce se putea întâmpla? Îmi doream să scape, nu merita o soartă crudă chiar dacă avea ce avea cu mine. Mai jos o să redau ultimele clipe ale unui om care nu vroia să-şi dea sufletul decât dacă vorbea mai întâi cu mine. Chiar medical mă chema să-i alin suferinţa.

– Omul ăsta nu mai vrea să trăiască, te cheamă să vorbiţi. Poate îl linişteşti şi-l îmbărbătezi, zise doctorul…

– Va scăpa?

– Şi dacă scapă, rămâne fără un picior şi-o mână. O ştie şi el! Însă nici aşa nu are mari şanse. Bomba a căzut exact acolo. Nimeni nu a mai fost găsit viu, în afară de el. Are febră mare, poate scapă să nu-i atingă creierul, însă doar Dumnezeu mai face minuni, eu unul sunt neputincios.

Am intrat în aşa-zisul salon cu inima strânsă. Era plin, cu excepţia unui singur pat lângă Andrei. Pe Andrei îl văzusem imediat, pentru că nu avea capul bandajat, doar o bucată de tifon pe frunte pe care o tot udau. M-am apropiat tremurând. Andrei îi făcu semn sorei să plece.

– Vino un pic mai târziu.

– Bine… spuse sora şi plecă la alt nefericit.

– Aseză-te te rog frumos, spuse Andei cu un zâmbet obosit. Poate ţi se pare ciudat că te-am chemat!

– Nu, nu mi se pare! Aştept o lămurire. De ce m-ai ales pe mine? De ce ai stat mereu în coasta mea cu privirea aia sfredelitoare? Este adevărat că am fost logodnicul Lioarei, dar asta a fost demult tare. Am fugit de frică. M-am căsătorit cu o prietenă de-a ei, mutată în Bucureşti, Anca. Pe ea am iubit-o şi o mai iubesc. A plecat imediat la ceruri lăsându-mi o fetiţa. M-a doborât! Şi acum sunt tot acolo jos... De disperare, mă duceam aici pe front în bătaia puştii, credeam că o să mă vindec, credeam că o să mă duc repede la ea. Şi când colo, se termină porcăria asta şi eu tot singur sunt cu tot cu morţii ăştia pe cap. Mă doare Andrei! Mi-am crescut fata singur! La ultimele Sărbători de An Nou, i-am dat lanţul mamei ei, inelul de logodnă şi verigheta. Habar nu am de ce! Şi le-a pus la gât mai ceva ca pe-o icoană. Copilul meu nu are mamă decât în poze şi din ce îi spunem noi. Are oameni calzi în jur, dar nu o mamă, o prietenă, o confidentă! Am încercat să-i cumpăr, să suplinesc lipsa, dar Anca nu e aşa! Nu poţi să o cumperi!

– Tocmai de aia te-am chemat, Paul!

– Tocmai de aia? Eram uimit din cale afară. Uitasem unde mă aflu.

– Vreau să-ţi cer scuze acuma, dacă cumva te-am supărat din priviri, sau dacă privirea mea a spus prea multe.

Andrei se sufoca cateodată.

– Taci, o să vorbim când iţi va fi mai bine!

– Nu o să-mi fie mai bine, o simt! Lasă-mă să vorbesc în faţa unui confesor...

– Bine, fie...

– Să nu mă întrerupi, poate nu o să mai pot continua ...

Îi pusesem mâna pe frunte, cârpa era uscată, am udat-o, iar Andrei închise o clipă ochii.

– M-am căsătorit cu Lioara în 1925, la puţin timp după ce aţi rupt voi logodna. Mă amorezasem de ea la un bal unde o târâseră prietenele să uite de eşecul cu tine ..., a fost momentul ca eu să închid ochii... Credeam că o să o fac să mă iubească pentru că îimi dădusem silinţa. Cred că şi ea la un moment dat pusese suflet şi credea că o să meargă. Ne-am logodit şi la scurta vreme ne-am căsătorit. Ne-am chinuit amândoi să meargă, însă în zadar, iar apoi ne-am hotărât măcar să păstrăm aparenţele. Tu erai în Anglia deja şi cred că ea zicea că nu mai e nicio speranţă. La un moment dat mă anunţă că aştepta copilul meu. Eram fericit de parcă vroiam să zbor! Ea era tare rezervată şi nu înţelegeam de ce. În sfarşit, a pierdut copilul. Nu ştiu dacă natural sau la medic, iar eu am pierdut-o pe ea. Nu considera necesar să mai lupte. Eu eram lovit şi zdrobit din două parţi. Am jignit-o, am întrebat-o furios dacă te-a uitat... Lioara mi-a transmis doar dintr-o privire întunecată şi grea totul. Apoi a plecat din salon şi din camera conjugală. S-a mutat într-o altă cameră singură. Am rămas căsătoriţi de complezenţă. Apoi, a aflat că te-ai întors şi mai apoi că te-ai căsătorit cu Anca, apoi moartea ei, ştia de fetiţa pe care ţi-o lăsase Anca... Nu te-a căutat, ştiu asta sigur, însă niciodată nu a încetat să te iubească! De aia te-am chemat! Vreau să te duci să o cauţi. Tu nu ai nevastă, iar ea nu are copii...ea va fi o mama bună pentru fetiţa ta! Eu eram uimit peste măsură.

– De ce nu mi-ai spus?

– Nu ştiam sigur ... În mine se dădea o luptă cruntă, însă dragostea ei a învins. Eu o iubesc pe Lioara foarte mult! E nevasta mea! Îmi e dificil să ţi-o dau ţie, dar ea te iubeşte şi te-a iertat, cu siguranţă! E mai bine că nu mai am nicio speranţă, o să mor aici, o simt... Cred că cei care mor ştiu asta în ultimele clipe. Tu poate o să scapi din mizeria asta curând şi o să-ţi iei viaţa de la capăt. Nu eşti chiar bătrân şi nici Lioara.

– Andrei! Mă uimeşti! Nu ştiu ce să-ţi răspund! Niciodată nu m-am gândit să mă întorc la Lioara...şi tu, soţul ei, îmi propui asta! E straniu pentru mine!

– Mai sunt soţul ei câteva clipe, apoi e a ta... Vezi nu o mai lăsa ca acum 15 ani! Te aşteaptă de atâta vreme....Să-ţi dau ceva! Scoase verigheta, scrisorile, un fel de jurnal şi o iconiţă de buzunar. Ia-le! Aşa o să ştie că vii de la mine.

– Andrei! Mă apucă plânsul! ...Nu mai puteam să suport sentimentele ce veneau de-a valma peste mine...Andrei! Iartă-mă! Te-am judecat greşit!

– M-ai judecat bine, eu te-am căutat pe tine, eu te-am întărâtat! Eu simţeam că pierdeam un prieten nou şi totuşi un cunoscut vechi...

Andrei se sufoca, însă avu puterea să mai spună. Promite-mi!

– Îţi promit!

Îşi dăduse sufletul! Eu am început să plâng ca un copil mic cu mâinile la ochi. De ce oare destinul mi-l-a scos în faţa pe acest om?

46

Am pus în buzunar tot ce îmi dăduse, Andrei nu mai avea nevoie de ele... Oare eu mai aveam? Puteam să fiu viu după încheierea păcii ăsteia pe care o aşteptam? Dacă muream şi eu? Cred că nu trebuia să mor pentru că aveam o misiune pentru mine şi Lioara, apoi pentru Anca mea de acasă... Trebuia să-mi amintesc de mulţi ani din urmă, trebuia să caut adânc în sufletul meu şi să împac o altă inimă. Lioara! Am plecat la luptă, afară. Era mai bine! Înăuntru mă înnăbuşeam...

CAPITOLUL 19

Am ţinut să povestesc acest episod din viaţa mea, fără el nu aş putea continua incursiunea în trecutul meu scăldat în ape reci. Însă pentru a putea continua, trebuie să ne ocupăm acum de eroina principală a acestei poveşti de viaţă. E vorba de Lioara. Intervenită în viaţa mea din nou şi fără ca eu s-o fi cerut. Aşa a vrut Andrei, aşa o fi vrut Dumnezeu… habar nu am….

Poate că mulţi nu i-au dat o importanţă prea mare, însă viaţa e imprevizibilă! Aşa că a luat-o cineva pe Anca foarte repede şi după mult timp, parcă după izbăvire, mi-a adus-o înapoi pe Lioara. Însă nu atât de simplu şi nu numai din partea ei, ci şi din partea mea. Următoarele pagini vor fi despre viaţa ei, înaintea mea, cu mine, cu Andrei, singură, apoi vom mai vedea…

Ar trebui ca totul să fie mai bine acum, cu tente de roz, ce credeţi? Aceste pagini se vor integra bine în spaţiul dintre finalul războiului şi plecarea mea acasă….sper adică…

CAPITOLUL 20

Lioara s-a născut în primăvara anului 1905, era deci mai mică decât mine cu 5 ani. Adică numai bine, cum ar zice unii. De mică fusese o frumuseţe facută să placă, era blondă cu ochi albaştri. Avea o gură micuţă, cu dinţii albi şi cu buze nici prea groase, dar nici prea subţiri. Când era nervoasă însă, îşi subţia buzele şi cam atât. Nu prea certa pe nimeni. Poate doar pe pisica ei cam prea chinuită, care suporta cât suporta mângâierile Lioarei, apoi fugea. Mereu era prinsă, adusă înapoi şi dojenită.

Mai avea un frate, de vârsta mea, Alexandru îl chema. Familia ei era destul de înstărită, cât să le facă la amândoi toate mofturile. Doamna provenea dintr-o familie de mari moşieri, iar el, tatăl, cam tot aşa. Tatăl Lioarei era profesor universitar în Iaşi, iar copiii erau destul de familiarizaţi cu mediul ăsta studios.

Din câte aflasem, erau fericiţi toţi patru, chiar dacă mai apăreau la orizont artificii, trase de Alexandru cu escapadele lui de adolescent precoce. Doamna casei ştia întotdeauna să împace şi într-adevăr să fie liantul între toţi membrii familiei. De altfel, toată lumea avea o slăbiciune pentru Alexandru, izvorâtă fără nicio piedică. Toţi îl protejau şi-i iertau chiar şi notele nu tocmai strălucite. Tatăl lui se mai supăra uneori şi-l mai ameninţa că-l trimite la vreo moşie să păzească argaţii şi să numere spicele de grâu din lanuri, dar cam atât.

Lioara însă era ireproşabilă, nu prea aveau ce să-i ierte. Fusese bună la pension, învăţase tot ce are nevoie o femeie în viaţă, cu excepţia unui lucru, nu o învăţaseră să iubească. Asta va învăţa singură mai târziu. După ce termină pensionul, Lioara nu dorise să se căsătorească imediat. Voise să călătorească, să mai zburde încă, aşa că plecă prin Europa. Alesese să vadă Italia, care-i plăcu foarte mult, Austria, care-i lăsă o impresie profundă de ordine şi curaţenie. La urmă, veni Parisul, care cred că i-a plăcut, cel puţin în vremurile acelea. Acolo mă întâlnise pe mine la o reuniune din acelea între români. Era un fel de serată la care fusesem şi eu invitat şi la care de-abia am apucat să ajung. Fusesem înainte la teatru aşa că eram destul de bine dispus.

Mi-aduc aminte că stătea pe scaun la pian, lângă o verişoară de-a ei. Sunt sigur că erau rude, însă nu-mi amintesc acum numele ei. Cred că există doar să scoată în evidenţă frumuseţea Lioarei. Şi asta şi făcuse. Am remarcat-o imediat, am mai pus nişte întrebări discrete la gazda serii şi aşa am aflat o mulţime de lucruri interesante. Era din Iaşi, dintr-o familie bogată, mai avea un frate umblăreţ, terminase pensionul cu laude maxime, a refuzat să se mărite şi vroia să se mai plimbe, să fie mai slobodă. Pe atunci, eu terminasem şcoala, eram un june căruia viaţa îi făcuse multe promisiuni pe care era musai să le ţină.

   – Păi, fă-mi cunoştinţă cu ea! zisei eu.. Doar aşa, să văd cum se comportă o duduie de pension!

   – Mă, vezi că e foarte serioasă! Fata de lângă ea e un fel de paznic, nu o scapă din ochi!

   – Da, văd că e urâţică, dar nu vreau să-i mănânc comoara, altfel cum ar mai ieşi în lume fără....

   – Lioara o cheamă! Vino şi fii civilizat!

   – Fii fără grijă! O să mă stăpânesc! ...

În perioada aceea eram un zurbagiu în vacanţă, terminasem dreptul, obţinusem un post, de fapt tata mă băgase în faţă şi acum mă odihneam după lupta cu licenţa. Avea dreptate Petre, gazda noastră, mi se cam dusese vorba de săritor peste regulile bunei-cuviinţe!

Ne îndreptarăm spre cele două fete care vorbeau ca două păsărele libere, pentru scurtă vreme însă! Întâi Petru mi-o prezentă pe verişoara al cărei nume nu-l mai reţin. O fată cu dinţi mari şi cu un păr greu de stăpânit în clame. Cred că unii puteau s-o considere frumuşică în sălbăticia ei. Cred că inspira libertate.

   – Ea este verişoara ei, Lioara....

   – Îmi pare bine! zisei eu, dându-i mâna....

Mai vorbirăm un pic de complezenţă: pe unde mai fusese, ce îi plăcuse, pe ce îşi pusese ochii să mai viziteze, nimicuri din astea... Eu deja mă gândeam cum de nu o cunoscusem mai devreme. Era frumoasă şi puteam s-o am în palmaresul meu din vara aceasta. M-am retras fără însă să uit să le spun că le pot ajuta să cunoască Parisul mai bine. Replica asta fiind din sacul cu amabilităţi ce-l aveam mai întodeauna cu mine.

   – Vezi! Nu ţi-am mâncat protejata, Petre! Poţi sta liniştit!

   – Cred că i-ai lăsat ceva în minte, face ce face şi tot aici la tine îi cade privirea şi uite-o cum şuşoteşte cu cealaltă!

– Las-o să se uite, dacă o să cadă în laţ, sigur nu e vina mea!

– Taci, Paul! Eşti incorigibil!

– Da, dragă, am două luni în care pot face ce vreau. Apoi, alături de tata, voi deveni aşa cum nu am fost niciodată:...serios!

– Săracu domnul Iorgu!

– Da,....compătimeşte-l!

Cât am mai stat în străinatate, ne-am mai întâlnit, dar rămăsesem liniştit în privinţa ei, nu o asaltasem cu niciun fel de lecţii noi de amor. Aveam aşa o sfială când o vedeam, iar ea era la fel. Nu pot să-mi explic de ce, dar parcă o ocoleam să nu o rănesc, să nu mă reped din greşeală ca un uliu într-o curte plină de pui de-abia ieşiţi din ouă. Ea mai întotdeauna roşea şi cobora privirea. Eu nu mai întâlnisem fete care să lase capul în jos, parcă era ceva între noi la nivel mental, parcă nu.

Parcă tăcerile noastre vorbeau pentru noi. La asemenea lucruri neînţelese am răspuns prin nonacţiuni. Habar nu aveam cum să procedez. Iar paznicul, paznicul cu dinţi mari, veghea. Cred că îşi dăduse seama de sfiala Lioarei. Mă privea de sus, iar buzele ei de-abia îi acopereau dinţii ăia nesfârşiţi. Poate că se gândea că oricine îi fură diamantul o condamnă pe ea la stat în casă. Cred că asta era mai mult grija ei pentru verişoara sa.

Aşa că m-am întors la Bucureşti şi le-am lăsat în plata soartei, oricum, indiferent de tulburarea aia de neînţeles, ea e din Iaşi şi nu o să ne mai întâlnim. O să se mărite şi gata! Cât depre mine, nu aveam de gând s-o fac încă. Eram curios de serviciul meu, primul din viaţa mea, aşa că eram convins c-o s-o uit repede. Blonde cu ochi albaştri sunt destule acum.

Când mă uit pe pagină, îmi dau seama că fără să vreau am trecut iar repede peste istoria Lioarei. Îmi cer iertare şi îmi revin rapid pe drumul povestirii vieţii ei. Cel puţin până la ruptura noastră.

La Paris, Lioara era ocupată să viziteze tot felul de muzee, să se urce în turnul acela făcut din fier şi să zâmbească întregii panorame a vastului oraş. Mergea la teatru, la operă, lua masa cu verişoara ei, unde se întâlneau cu români care erau cu treburi prin oraş sau doar ca ele, în plimbare. Uneori se plictisea de atâta plimbare pe malurile Senei, pline de lume, de dimineaţa până cădea întunericul.

Cheltuia destul de mult pe rochii, pe materiale, pe tot felul de lucruri femeieşti care-l fac pe bărbatul care le însoţeşte la cumpărături să se simtă în plus, în cel mai bun caz, dacă nu, în cel mai rău caz, să se plictisească de moarte. Lioara era o femeie comună din punctul ăsta de vedere. Colinda magazinele cu o plăcere pe care nu o pot descrie. Mă face să-mi aduc aminte cât de greu îi fusese să se oprească cu cumpărăturile pentru trusoul ei de nuntă. Parcă înnebunise! În rest, dacă treceai peste asta, era o dulceață de fată cu care aveai ce vorbi fără nicio urmă de plictiseală. Cât despre verișoara ei, era acră, exact ca o lămâie.

Când revenise acasă, pentru că toate au un final, parcă adusese o jumătate din magazinele Parisului. Uimise pe toată lumea cu gusturile ei, nu prea erau fete atât de la modă îmbrăcate. Părinții, după aceasta călătorie, așteptau cu sufletul la gură maritișul, pe care-l credeau meritat după atâtea escapade turistice. Mare le fu mirarea când prima care se mărita era chiar verișoara cu dinții mari, care-i fusese paznic peste tot. Uimirea îi lăsase pe bieții părinți cu gura căscată.

– Bine, dar Lioara?

– Lioara mai are timp! ….zise chiar ea, întrerupând discuția părinților.

Nu prea avură ce să facă, decât să se consoleze o perioadă. În timpul ăsta, Lioara cânta la pian și era confidenta fratelui său care avea o morală îndoielnică, după părerea multora. Se înțelegeau de minune. Plănuiau să-i convingă pe părinți să nu stea acasă de Craciun, să plece întreaga familie undeva la munte.

La început, această idee venise ca fulgerul în casa liniștită a familiei Martin. O familie foarte clasică, aproape de monotonie, cu reguli stricte, însă respectate de părinți.

– Cum să plecăm de la noi de acasă la o asemenea sărbătoare?

– Uite așa, să mai schimbăm decorul! Să fim serviți și să nu mai miroase a sarmale!

– Ce copii sunteți amândoi! Se vede treaba că acum lumea nu mai gândește ca altădată. Pe vremea mea, nimeni dintre copii nu avea atâtea idei, mai ales fetele!

– Lasă mamă, o să ne distrăm și o să mergem cu toții să ne batem cu zăpadă la Vatra Dornei. A aranjat deja Alexandru două camere și o odaie pentru Maria, dacă vreți s-o luați!

– Aha, ăsta e complot!

– Nu, mamă dragă, doar că voi nu aţi mai ieşit de mult timp, iar noi nu putem pleca nicăieri fără voi! Cel puţin la mine aşa se pune problema. Lioara făcea uz de toate drăgălăşeniile cu care era înzestrată şi la care nu-i rezista nimeni şi nimic. Cu bărbaţii devenea tăcută şi timidă, însă cu cei apropiaţi niciodată. Domnul Martin făcuse ochii mari, dar deja nu mai avea timp de reacţie, trebuia să intre în joc. Părinţii chiar începuseră să se consoleze că nu-si vor mai vedea iatacurile lor, pentru că ştiau că nu vor fi decât câteva zile

– Copiii ăştia…, zise el….

– Lasă, nu ai ce să faci, cred că au dreptate, nu am mai ieşit de nici nu ştiu când. Lasă-te şi tu o dată în voia sorţii!

– Hm! Bine!

De altfel, amândoi îşi adorau copiii şi se împotriveau doar de formă. Bineînţeles că soarta m-a trimis şi pe mine acolo. Poate pentru unii e de neînţeles, însă pentru mine, totul are o logică. Dacă nu o întâlneam acolo, unde aş fi putut-o revedea? Nicăieri! Nu aveam cunoştinte comune, aşa că ne avântam în aventură!

Alexandru închiriase două camere, odaie pentru Maria nu a mai fost necesar. Maria nu vroia în ruptul capului să lase casa pe petreceri în locuri necunoscute. A fost chiar ofensată. Aceste camere erau pentru 24, 25, 26 si 27 decembrie. Practic pe 27 plecau spre casă. Eu în schimb stăteam tot de pe 24 decembrie însă până după Anul Nou.

În prima zi de şedere, familia ei se aranjă cât putu mai comod cu putinţă în cele două camere şi apoi ieşi la masă. De ajuns în staţiune, au ajuns după-amiaza şi se făcu numai bine pentru a lua cina de ajun. Brazii în hoteluri erau împodobiţi după ultima modă venită de afară, aşa că totul era minunat. Parcă aşteptau ceva!

Ea nu m-a văzut multă vreme în seara aceea. Însă eu le văzusem feţele un pic stinghere din chiar momentul când se aşezară la masă. Şi eu eram uimit! Pe cine să întâlnesc eu aici! Până la urmă m-am bucurat, ştiam că trebuie să fac ceva, să merg la masa lor, însă pentru moment preferam să stau să o privesc de la distanţă pe Lioara. Era la fel de drăguţă şi nu se căsătorise încă. Mă gândeam în sinea mea care o fi motivul. Au fugit toţi junii din Iaşi? Îi speriase cu ceva? Era prea independentă pentru ei? N-are importanţă… Pe la mijlocul cinei, când atmosfera era mai destinsă, îmi veni o idee îndrăzneaţă şi cam năstruşnică. Îi făcusem semn chelnerului să vină la mine, i-am arătat un bacşiş gras şi l-am pus la treabă. Acesta nu aştepta prea mult să-mi facă pe plac.

– Du-te şi ia o sticlă de şampanie şi adu-o încoace!

Chelnerul se înclină şi veni repede… În timpul ăsta, am rupt o foaie de hârtie dintr-un carneţel şi am scris: "Domnişoarei Lioara, un Crăciun Fericit! De la Paul Voicu - Paris"!

– Vezi masa aceea, cu patru persoane, de fapt, o familie? O vezi pe domnişoara cu rochie bleu?

– O văd, că doar am ochi buni!zise chelnerul…

– Mergi cu biletul şi cu sticla acolo şi dai biletul domnişoarei fără să te sfieşti. Apoi vino înapoi la mine. Cred că o să mă vadă imediat. Sticla o desfaci în faţa lor, indiferent de ce feţe uimite vor face! Te înclini şi pleci! O să te aştept cu recompensa!

– Bine domnule, imediat!

Se duse foarte ceremonios, întâi dăduse biletul care o făcu pe Lioara să tresară şi să mă caute cu privirea. În sfârşit m-a zărit! Până să se dumirească ai ei, şampania pocni şi era deja pusă în pahare. Chelnerul dădu să plece apoi.

– Aşteaptă, zise Lioara. Bineînţeles că avea şi ea un carneţel de domnişoară de pension, rupsese o foaie şi scrise: "Mulţumesc mult, domnule, Crăciun fericit şi dumitale! Ce surpriză! Lioara Martin - Iaşi"!

Chelnerul era fericit, a primit şi de la Lioara bacşiş. Venise tot un zâmbet la mine.

– Domnule, câteva bilete ca astea şi mă îmbogăţesc! I-am dat ce i-am promis şi am citit misiva. Mă pufnise râsul. Câte cuvinte oficiale, câtă rezervă şi câtă etichetă! Între timp, toată familia ei citise misiva mea şi se uita la mine. Fratele ei veni la mine şi mă invită la masa lor. Chelnerul meu îmi muta deja tacâmurile, aşa că iată-mă la masa familiei Martin.

– Domnule, zise capul familiei, să înţeleg că o cunoşti pe fata mea de la Paris?

– Da, domnule, am avut onoarea să vă întâlnesc fiica la Paris, la o cunoştinţă comună. Era însoţită de o verişoară de-a ei.

– Da, e căsătorită deja! Aşteaptă şi un copil, zise şi doamna Martin…

– Şi Lioara încă nu?

– Nu, încă nu! Nu ştiu de ce, dar încă mai aşteptăm.

Lioara arunca văpăi roșii din ochii ăia albaștri, făcea fețe-fețe. Parcă îi ghicisem subiectul tabu: căsătoria pe care ai săi și-o doreau repede și răsunătoare. Tatăl ei mă întrebase cu ce mă ocup, ce făceam la Paris, o adevărată spovedanie în care o simțeam pe Lioara rușinată de pornirile părintelui său.

– Noi am venit aici întâmplător. Luați pe sus aș zice mai corect! Ne-au zis aceștia doi cu 3 zile înainte! Locurile erau deja plătite! Pe Lioara o știi, însă nu și pe Alexandru.

Alexandru era ofițer în Iași și își luase câteva zile libere. Și așa nu era mare lucru de făcut pe timp de pace. Ne-am strâns mâinile și am constatat apoi că aveam aceeași vârstă și aceiași fluturi în jurul pălăriei. Cu doamna Martin fusese mai simplu și mai scurt. Lioara mă privea surprinsă, uneori în față, uneori când credea că nu o văd. Cred că îi plăcuse gestul meu cu șampania. Încerca să bea din pahar, dar se vedea că nu e obișnuită, parcă nu se golea deloc. Însă la Alexandru nu a fost nicio problemă, cred că avea la activ mai multe sindrofii, cam ca și mine în perioada aceea de tinerețe activă și nebună. Cred că îmi făceam un aliat în el, măcar în zilele acelea, gândeam eu, căci altfel distanța ne despărțea.

Seara trecuse repede și a fost foarte placută până la capăt. De mai multe ori ne-am surprins uitându-ne unul la celălalt. Zâmbindu-ne, Alexandru se prinsese că era ceva la mijloc și zâmbea cu subînțeles. Cred că de fapt toți, inclusiv eu, ne dădeam seama că nu se va termina aici. La sfârșit ne-am promis că ne vom întâlni mâine și vom ieși la plimbare. Poate că o să găsim o sanie. Când i-am sărutat mâna, Lioara se înroșise puțin și parcă tremura. Nici eu nu știu ce aveam. În sfarșit am ajuns apoi în camera mea, aveam să mă gândesc mai târziu la ce va urma. Eram sigur că nu se va opri aici povestea.

Oare Lioara se gândea și ea la vreun viitor? Cu mine?! Da! Se gândea! Sub ploaia de întrebări a mamei ei....dacă îi plăcea de mine, dacă mă cunoștea de mai demult sau doar de la Paris? Ce avea de gând? Spera Lioara la o căsătorie cu mine?

– Habar nu am, mamă! Nu credeam că o să-l mai văd vreodată. Îl uitasem!

– Din cauza asta nu te măritai?

– Sunt confuză acum și vreau să mă culc. Crăciun fericit! Vom vorbi mâine, am cadouri pentru toată lumea....te pup!

– Lioara, Lioara…şi eu, mama ta, nu am bănuit nimic, iar Ruxandra a tăcut mâlc…

– Ruxandra cred că nu a bănuit niciodată nimic. Sau poate nu era domeniul ei. În fond, a obţinut ce a vrut, o căsătorie strălucitoare şi gata!

Lioara a vrut să se bage în pat doar pentru a analiza în gând tot ce îi dăduse viaţa în câteva ore. "Doamne, ce coincidenţă interesantă! Dacă acum câteva zile eram sigură pe sentimentele mele, acum parcă a renăscut în sufletul meu Parisul, seara aceea! El mai stă şi de Anul Nou! O fi însoţit? O fi venit căutând vreo aventură temporară, cum se întâmplă mai mereu de sărbători cu bărbaţii singuri? "

Uite aşa, din întrebare în răspuns, Lioara adormi cu mine în gând. Nu era prima dată.

Dimineaţa de Crăciun a fost hazlie. Toata lumea din hotel primea şi împărţea cadouri. Mare îi fu uimirea Lioarei când dimineaţa o trezise un angajat al hotelului cu un buchet mare de flori şi evident o scrisorică. Din partea cui? Din partea mea… Omul venise la mine şi îmi povestise cum primise Lioara florile. Fericită, cred că bănuia de unde sunt. Îi puse florile în braţe mamei sale şi se repezi să deschidă bileţelul, care avea cam acest conţinut: "Domnişoară, nu speram să vă întâlnesc de Crăciun, aşa că sper ca florile de la mine să vă bucure! Crăciun Fericit! Paul Voicu. P.S.: Sper ca pe durata acestor zile să mai petrecem clipe minunate împreună!"

– Spuneţi-i domnului care v-a trimis că îi mulţumesc foarte mult! Rari trandafirii în decembrie! Angajatul curier era fericit, primise bacşiş şi de la Lioara.

Eram curios ce ochi şi ce mimică are familia ei acum, cu ce ochi mă vor privi? Îmi zâmbii mie căci ştiam că o să fie bine. Gândindu-mă eu astfel, mă aşezai la o masă şi aşteptând familia, comandasem micul dejun. Şi bine am făcut! Prima dată coborâse doar Alexandru, care, râzând, îmi spuse:

– Bună dimineaţa, domnule! Crăciun Fericit!

– Da, şi dumitale!

– Domnule, eşti o enigmă pentru părinţii mei, iar pe Lioara ai dat-o gata cu trandafirii! Şi vă cunoaşteţi de la Paris şi nicio scăpare, o şoaptă despre asta de nicăieri.

– Aşa este, însă nu ne-am întâlnit decât o dată la o serată.

– O singură dată şi să fie de ajuns pentru a cuceri reduta invincibilă ce se cheamă soră-mea? Curios! Cred prea tare că a fost o întâmplare neprogramată întâlnirea noastră aici …zise el râzând.

Alexandru era de felul lui mare iubitor de viaţă şi de pace, aşa că era mai tot timpul bine dispus.

– Da, chiar aşa şi este! Mi-am aranjat camera în noiembrie, ca să fiu sigur de ea…i-am spus…

– Eu m-am lăsat pe decembrie şi mi-a fost greu cu odăile. Dar am reuşit. Nu am ştiut cum vor reacţiona ai mei, ei nu prea ies, şi mai ales de sărbători.

– Şi uite cum i-ai dat dumneata peste cap …!

– Mama tot încearcă să vorbească cu Lioara despre tine, însă acum îmi dau seama că, de fapt, nu ştie mare lucru despre Paul Voicu.

– Nici eu nu ştiu mare lucru despre Lioara, dar am recunoscut-o, e Crăciun şi totul e vesel! La urma urmei, o cunosc. Era mai bine dacă o ignoram? Nu eram în cazul ăsta un mare bădăran?

– Ai dreptate şi tu, însă Lioara cred că e un pic în aer, pluteşte pe un nor. Cu siguranţă începe să se amorezeze de dumneata, cred că te-a plăcut puţin la Paris, ea nu se lasă niciodată cu una cu două! În definitiv, e treaba ei de cine se îndrăgosteşte, cum de amururile mele mă ocup doar eu!

– Corect, însă nu cred că Lioara e îndrăgostită de mine.

– Poate nu acum sau nu-şi dă seama, însă cred că e inevitabil să se producă, dacă mâine se trezeşte tot cu flori şi bileţele! Dar uite că şi vine!

Toţi se îndreptau către masa unde eu şi fratele ei stăteam. Zâmbeau? Mie? Unui vis care se va termina odată cu Crăciunul?! Habar nu am! Maică-sa mă privea uimită, parcă o păcălisem cu ceva. Însă nu a scos o vorbă despre asta. Tatăl însă nu avea vreo problemă din astea, nu era în primejdie, se gândea el. Lioara însă era mai tot timpul roşie, la asta contribuiam şi eu, e drept, şi încă cel mai mult.

Alexandru o tachina mai tot timpul, însă Lioara suporta atacurile lui fără a lua o poziţie anume. De altfel, eu şi fratele ei, care vorbiserăm în continuu, propusesem o plimbare cu sania înainte de prânz. Cu alte cuvinte, trebuia să ne pregătim imediat. Efortul acesta însă pentru bătrâni era prea mult.

– Mergeţi voi trei, aveţi milă de oasele noastre, zise domnul Martin.

- Am venit cu voi cu greu, mi-am lăsat casa de Crăciun de hătârul vostru, acum să mă plimb cu sania e prea mult, spuse şi doamna Martin. Dar să luaţi pături pentru picioare şi ceai cald.

– Lasă, mamă, că doar mergem pe aici, prin împrejurimi, nu plecăm la Iaşi cu calul.

– Da, dar e frig!

– Bine, mamă, luăm tot ce vrei.

Ne-am despărţit ca să ne adunăm peste o jumătate de oră. Sania ne aştepta. Au coborât doar fraţii, părinţii urmau să vină doar la prânz, luat cam târziu astăzi. Li se părea ciudat ca în zi de Crăciun să nu stea în casă, chiar dacă aceasta era o cameră de hotel în acel an.

Alexandru se aşeză în faţa noastră, eu cu Lioara rămânând pe banchetă înveliţi cu aceleaşi pături groase. Mie mi se dădu ceaiul în grijă. Am pornit! Caii aveau zurgălăi şi mergeau fără a scutura sania. Începusem să vorbim şi parcă să ne destindeam, când, deodată Alexandru, sări pe capră lângă vizitiu.

– Mi-am adus aminte că sunt ostaş, aşa că voi lupta cu frigul de lângă omul ăsta! Omul ăsta fu luat în braţe de Alexandru şi scuturat bine.

– Ho, ho, mă copile, că mă dai jos din sanie!

– N-ai nicio grijă, moşule! Doar că mă simt şi eu bine şi e Crăciunul!

– De Crăciun se stă lângă sobă, conaşule!

– Ce-i moşule, doar ţi-am plătit?

– Da, mi-ai plătit şi sunt mulţumit. Doar că tot mai bine-i lângă sobă!

– Lasă, că ne împrietenim noi şi ne tragi cu sania şi mâine!

Moşul cam uimit că-şi va petrece tot Crăciunul în sanie, zise:

– Om vedea! Să ajung cu bine pe mâine!

– Da, mă bucur că nu ai refuzat! Asta înseamnă că e da.

Alexandru se pusese pe râs, de răsună pădurea.

- Uf, mai încet! Zise Lioara, care şi ea râdea…, se descărca de emoţia de a sta lângă mine, mă gândeam eu, orgolios fiind.

Şi cu mine se întâmpla sincer ceva. I-am luat mâna Lioarei într-a mea pe sub pătură. Ea a tresărit. Ne-am privit lung şi parcă totul dispăruse. Nu mai exista nici pădure, nici cai, nici măcar Alexandru cu râsul său colorat. Nu ştiu cât de lungă fu clipa aceea, dar şi acum parcă simt un gol în stomac. Da! Asta este dragostea! Îmi aduc aminte doar chipul ei drag, cu bucle jucăuşe şi rebele ce-i ieşeau de sub căciuliţă, sprijinindu-se de umărul meu. Parcă doream să stau o veşnicie aşa. Parfumul Lioarei mă învăluia încet, încet. Dragostea venise peste noi ca un licurici în întuneric, încet şi sigur. Din beţia asta ne-a trezit Alexandru, care striga că se chinuise să-l convingă pe vizitiu să ne mai plimbe, însă nimeni nu vedea nimic. Lioara a tresărit şi şi-a ridicat capul de pe umărul meu.

– Voi chiar sunteţi iubiţi de la Paris?

– Nu, nu suntem! zise Lioara....

– Cel putin nu de atunci, zisei eu zambindu-i Lioarei...

– Aha, v-am prins! Recunoaşteţi! (Alexandru avea un dar fantastic de la Dumnezeu, vorbea şi râdea în acelaşi timp.) Vă iubiţi!

– Ce să recunoaştem?...zise Lioara...

– Păi, văd eu destul, nu mai recunoaşte tu nimica. Dacă băteam gongul la ureche cred că nu era destul. Sunteţi pe altă lume! Mama o să se bucure şi o să scape în sfârşit de gura doamnelor din "înalta societate a Iaşului". Babe ţâcnite! Doar cu împerechiatul şi botezatul se ocupă!

– Alexandru, taci!

– Lasă, surioară, că doar ştiu eu ce ştiu! O să vă scrieţi scrisori lungi cât drumul de la Bucureşti la Iaşi, apoi o să vă vedeţi la logodnă şi de alte câteva ori. Apoi vă căsătoriţi şi toată lumea va fi fericită! Mai e hopul cu botezul şi aţi scăpat de babele din Iaşi! (Începusem să râd).

– Deci, ăştia sunt paşii, Alexandru?

– Da, Paul, trebuie urmaţi cu sfinţenie....

–Răilor! Sunteţi incorigibili.... (Lioara era răpitoare în atitudinea ei. Avea obrajii roşii de frig, sau de emoţie şi încerca să oprească şicanele noastre...)

– Voi complotaţi împreună împotriva mea şi nu vă cunoaşteti decât de câteva ore!

– Păzea, surioară, vom fi împreună şi după nuntă!

În timpul ăsta moşneagul nu ştia dacă să ţină hăţurile sau să-şi ţină burta. Râdea de nu mai putea! Se îneca de râs şi nu mai avea aer...

– Doamne, ce copii ...!

–Vezi, moşule, ce bine că ai ieşit afară de Crăciun? Dacă stăteai la masă cu sarmalele şi cu vinul în faţă, lângă băbuţa ta, pun rămăşag că nu râdeai atâta...

– Să ne întoarcem, e târziu!

Raţiunea Lioarei ne trezi la realitate.

– Da, să ne întoarcem, altfel pun ai noştri oameni pe urma noastră, zise Alexandru...Nu-mi mai aduc aminte de ziua aceea decât că am luat masa împreună cu toţii. Doamna era vizibil mai amabilă şi atmosfera era mai destinsă, chiar şi domnul Martin se liniştise când află câte ceva despre mine şi familia mea. Cred că întrevedea o căsătorie foarte bună pentru fiica sa. Lioara suporta cu mii de zâmbete de stânjeneală tirul de întrebări al tatălui său asupra mea. Eu nu mă deranjam şi nu mă simţeam prost defel, cred că mi se părea firesc, sau, mai bine zis, un joc. Nu e posibil să te căsătoreşti atât de simplu. Însă vedeam o oarecare disperare atent camuflată la familia ei. După masă, Lioara veni lângă mine într-un moment mai destins.

– Îţi cer iertare pentru părinţii mei, Paul!(Era încântătoare pentru că mă tutuia, venise atât de firesc ...) Ei doresc cu tot dinadinsul să mă căsătoresc! Cred că li se pare că sunt deja fată bătrână, zbârcită şi plină de negi! Mi se pare că m-ar da şi la un rândaş, doar să scape de veşnica întrebare a târgului: "Şi pe când îşi găseşte Lioara pe cineva?".

I-am spus râzând să nu-şi facă probleme, îi înteleg foarte bine.

– Ah, şi toate întrebările alea puse de tata! A fost penibil, Paul! M-am simţit prost!

–Lioara, te gândeşti prea mult la asta, i-am spus eu luându-i mâna.

– Cred că acum se gândesc că tu eşti alesul meu, îţi dai seama, Paul? Te-am cunoscut la Paris, eşti din Bucuresti, ce mai, o adevarată comoară! Familia e bună, deci totul nu poate fi decât o promisiune la un mariaj răsunător..., eu nu sunt aşa! Nici nu ştiu dacă o să mă căsătoresc curând..., nu simt că-mi bate ceasul alarmant de târziu cu privire la vreo căsătorie. Nu cred că o femeie e bună doar la condus un menaj, cu servitoare toante şi cu copii zgomotoşi.

– A, ...tu eşti o feministă, după câte deduc eu!(Începusem să râd...)

– De ce râzi? Şi ce e rău în asta?

– Păi, nimic…, iartă-mă! Eşti foarte la modă, însă ţi-ai greşit ţara. Poate în Franţa nu te remarca nimeni, însă aici eşti total contra curentului în care femeia e liantul căsătoriei, alinătoarea familiei, cea care suportă escapadele bărbatului…

– Aşa este! Nu cred că sunt făcută să conduc vreo casă….

– Ei, vezi tu acum…, poate experimentăm împreună, zisei eu râzând….Şi ai mei aşteaptă să mă căsătoresc! Am plecat de Sărbători de acasă ca să-mi găsesc liniştea. Tata spune că un mariaj reuşit este cel în care cei doi sunt tineri, iar nu bătrâni cu mofturi şi tabieturi…

– Ce să experimentăm?

– Căsătoria… pe care toată lumea o aşteaptă, cu excepţia noastră!

– Ce glumă mai e şi asta?

– Niciuna! Le facem pe plac la ai noştri şi ne vedem de treabă amândoi….

– Nu vreau! E urât ce vrei tu!

– Da, aşa e…iartă-mă! Uită ce am vorbit! Nici eu nu vreau să mă căsătoresc! Ia-o ca pe o glumă bună sau proastă, cum vrei, dar uit-o…

– M-aş căsători doar din dragoste şi doar dacă aş simţi asta!

– Ai dreptate! Să nu mai vorbim! i-am dat drumul la mână, întâi sărutându-i uşor degetele….Hai să nu mai discutăm despre lucrurile astea! Peste două zile pleci! Cred că nu o să mai stau nici eu de Revelion aici. O să plec acasă. Vrei să îţi trimit o ilustrată de Anul Nou? Îmi dai adresa şi îţi scriu! Nu considera, te rog, asta vreo etapă dintr-acelea de care vorbise Alexandru în sanie. Îţi scriu şi gata. Şi dacă vrei îmi scrii şi tu…Parcă ţi-aş simţi lipsa dacă aş mai sta aici. Apoi s-ar bucura şi ai mei. Eu sunt copil unic la părinţi, nu mai am fraţi….

– Cred că o să-ţi dau adresa, dar mâine. Cred că azi nu o să mai ies. M-a obosit sania şi când am dat de căldură m-am moleşit.

– Cum crezi tu, Lioara. Eu o să mai stau pe aici.

– Atunci, pe mâine!

– Bine, pe mâine!

– Uite, are cine să-ţi ţină companie, scumpul meu frate!

– Da, e bine!

Lioara plecase încet, îi urmăream rochia pe scări, rochie care la un moment dat dispăru cu totul.

– Ce şuşoteală, domnule!

– Mâine facem schimb de adrese, am zis eu râzând. Dar nu pentru a ne căsători. Lioara mi-a povestit, de fapt mi-a destăinuit, că nu vrea să se căsătorească. Zice că e o feministă convinsă, care nu se vede crescând copii sau alergând cu servitoarele la bucătărie.

– Aha, deci te-a convins de data asta!

– Nici eu nu vreau să mă însor acum! Cred că mai e timp!

– Soră-mea feministă?! Bine că nu e mama aici! La urma urmei e treaba ei… Alexandru râdea…O placi?

– Da, cred că da…., a fost o surpriză să o găsesc aici!

– Şi ea te place, ştiu sigur….da…

– Da, cu siguranţă! Am simţit asta, însă nu cred că e de ajuns doar să placi pe cineva ca să te legi într-un mariaj.

– Şi atunci?

– Atunci o să ne scriem şi o să devenim doi buni prieteni…

– Sărmana mama, ea credea deja că totul intră pe drumul dorit de ea…Auzi Paul, eu cred că e treaba ei! Hai să vorbim despre altceva.

– Bună ideea ta!Nu cred că mai e mult de povestit despre acel Crăciun. A doua zi, am făcut schimb de adrese şi deveniserăm amândoi mai rigizi. Ne aruncam priviri lungi cu un alt înţeles pentru părintii ei decât pentru noi doi. Alexandru mai ţinea tonusul întâlnirilor la un nivel rezonabil, îi eram recunoscători pentru asta….În 27 decembrie, eu am plecat înaintea lor pentru că aveam tren mai repede. Mi-am luat rămas bun de la toată lumea, sugerându-i Lioarei să vină cinci minute pentru un rămas bun mai intim….

– O să-ţi scriu, îţi promit!

– Parcă te apasă ceva…eşti tristă! Nu te obligă scrisul la nimic!

– Ştiu, am să-ţi scriu…, de-abia aştept…

– Ştii ce e ciudat Lioara?

– Ce anume?

– Parcă îmi pare rău că mă despart de tine! O să-mi lipsească "spiritul ăsta feminist" al tău! Am început să zâmbesc…Eşti o fată liberă cu gândul şi cu inima. Greu se găsesc fete ca tine.

– Poate în Franţa, adaugă ea zâmbind.

– Da, doar că eu aici trăiesc.

– Cu bine! Aşteaptă-mi scrisorile.

– O să le aştept! Cred că o să-mi fie dor de un prieten ca tine, cu care pot vorbi deschis.

– Şi eu simt acelaşi lucru, Paul….

Am plecat sărutând-o pentru prima dată, pe obraz. Avea pielea obrazului ca o piersică. Ne-a surprins pe amândoi gestul meu, am tresărit împreună şi am început să zâmbim. Se sfârşise oare? Se pare că nu.

Acasă, ai mei erau bucuroşi. Venisem măcar de Anul Nou. Mă văzuseră cam tăcut, dar mi-au dat pace. Lioara şi cu mine începuseram să ne scriem. Se descurca mai bine în scris decât avându-mă în faţă. Ne trimiteam scrisori lungi în care povesteam ce făceam zi cu zi. Eu îi povesteam lucruri de pe la birou, ea întâmplări hazlii despre Alexandru. Îmi dădeam seama că aşteptam nerăbdator fiecare scrisoare şi ea la fel, cred! Ne scriam imediat ce primeam scrisoarea de la celălalt, parcă să nu suferim de aşteptare. Tata mă tachina, dacă nu cumva vreau să mă fac scriitor. Văzu că scriu unei fete, cred că îl distra.

– Paul, tu nu ai scris în viaţa ta atâta! Merită?

– Cred că da….e o prietenă de la Iaşi!

– Eu nu aş face aşa ceva pentru o prietenă niciodată! Trebuie să fie ceva mai mult, de care nu vă daţi seama!

– Nu ştiu, tată, însă îmi plac mult scrisorile ei şi le aştept mereu cu nerăbdare…

– Cât o să continuaţi? O s-o mai vezi?

– Poate! Părinţii ei vor s-o căsătorească, iar ea nu îşi doreşte asta. Să fiu sincer nici eu nu vreau să mă însor acum!

– Deci vă potriviţi amândoi foarte bine! Sunteţi nişte alintături mofturoase! Până la urmă vă veţi căsători aşa liberali cum sunteţi!

– Eu cred că nu!

Peste destul de multe scrisori, Lioara îmi făcuse rugămintea, dacă doream, să vin într-un mic concediu la ei. Vedeam eu că e cam stingheră. Probabil că ai ei erau capac pe capul ei. Am obţinut trei zile de concediu peste vreo lună şi dus am fost la Iaşi. Acolo am avut dreptate! Ai ei credeau că după un număr de scrisori, adresanţii erau gata pentru deznodământul mult aşteptat: mariajul! Avusese dreptate Alexandru!

– Iartă-mă Paul! Nu am putut rezista decât atât! Şi apoi am vrut să te văd. Parcă nu mai ştiam sigur cui scriu.

– Tot vor să te căsătorească?

– Da, cu tine!

– Şi tu vrei?

– Eu nu m-am gândit! Apoi trebuie să existe nişte sentimente la mijloc, nu-i aşa?

– Sentimente pe care nu le ai?

Lioara se înroşi, apoi râse puternic:

– Nu te-ai schimbat deloc! Asta îmi place la tine!

– Că te tachinez?

– Şi asta.

– Ai putea să scapi de povara alor tăi…Că vor să te vadă la casa ta, mi se pare normal.

– Cum?

– Făcând mariajul cu mine! Unul liberal desigur, în care să nu ai de a face cu menajul sau cu copiii, am izbucnit imediat în râs…Era greu să mă abţin. Lioara se puse şi ea pe râs.

– Nu mă pot căsători aşa.

– Nici eu! Cred că aş fugi în noaptea nunţii! Îmi este frică de responsabilităţi!

– Şi mie, spuse Lioara.

– Ce bine ne potrivim noi doi.

– Aşa e…

Am revenit la Bucureşti unde iarăşi m-am pus pe scris. Tata era curios!

– Şi acuma?

- Mariajul nu se face! Nu-l vrem niciunul…

– Da! Vă potriviţi…

– Cred că parinţii ei sunt disperaţi, o să vină aici la mine, să mă ceară ei în căsătorie!

Tata râdea cu gura până la urechi, el fiind om ursuz, de obicei….eram unicul lui copil….şi aşa a fost!

Nu mică mi-a fost mirarea când am primit o scrisoare în care ai săi doreau să aibă o întrevedere oficială cu ai mei. Un fel de punere la punct, un fel de oficializare. M-a tulburat şi m-a nemulţumit. Nu era deloc scrisul Lioarei! Îi ceruseră adresa şi îmi scriseră ei, cred că fără acordul Lioarei. Le-am spus părinţilor mei ce primisem de la părinţii Lioarei.

– Eu nu vreau să te căsătoreşti forţat, Paul! zise tata….

– Nu, nici gând! Ne cunoaştem de la Paris, dar fără mari tangenţe. Apoi ne-am văzut la Vatra Dornei. Nu neg că îmi place Lioara, dar mai mult la ea ador independenţa, dorinţa ei de a scapă de rutina unei femei obişnuite. Îmi place cum gândeşte, cum se îmbracă. Însă nu cred că e suficient. Îmi place s-o ascult, e altfel decât orice fată pe care o ştiu.

Tocmai atunci bătu la uşa poştaşul. Era iar o scrisoare. Mă liniştisem când am văzut că era de la Lioara. Îşi cerea scuze, ai săi o puseseră într-o lumină proastă şi faţă de părinţii mei. Îmi spunea că veneau în Bucureşti cu toţii, cu excepţia lui Alexandru, care era scandalizat. "Parcă noi mergem în peţit la tine şi nu invers!" De venit veneau, dar nu eram obligat să îi primim. Se gândea că o să se supere tare ai săi şi o să le piară gândul ăsta de logodnă. Şi uite aşa o să le treacă... Lioarei îi era frică de scrisorile noastre, dar găsise soluţia să-i scriu la verişoara ei, pe care o ştiam de la Paris. Îşi cerea încă o dată scuze. După ce le povestisem din scrisoare, ai mei rămaseră pe gânduri.

– Paul, tu te potriveşti cu fata, dar cu socrii ai dat de belea! E urât să nu-i primim! Aş vrea să-i primim din curiozitate, însă tare mă tem că asta ne-ar obliga. Tata era prima dată fără soluţie. El care dădea atâtea sentinţe la tribunal, acasă era în imposibilitate.

– La urma urmei, interveni şi mama, să-i vedem şi noi. Chiar dacă ar fi o logodnă, tu nu te muţi la Iaşi, vine ea aici.

– Eu nu sunt atât de sigur, zise tata. Aştia s-ar muta la Bucureşti în casă cu ei, să le numere nasturii, ca să nu zic altceva mai mult! În fond, continuă tata, să-i primim şi le dăm un răspuns pe loc,sau le scrii tu, Paul, o scrisoare.

– Pot veni, oricât de penibili vor fi, eu sunt gata să rabd!

Într-adevăr fuseseră teribili părinţii Lioarei. Ei chiar aveau o problemă de rezolvat şi trebuia urgentată rezolvarea ei. Lioara era tot timpul roşie şi nu scotea un cuvânt, nu se atinsese deloc de mâncare. Domnul Martin vorbea că deja trusoul Lioarei e gata de la Paris. Îi spunea tatei ce îi dă fetei la nuntă şi altele din astea... Săracul tata se abţinea, era nervos şi plictisit. Mama îşi frământa mâinile pe sub masă, nevăzută. Veniseră şi cu o dată. Odată cu afişarea zilei hotărâte, mă înecai şi am ieşit afară. Am băut multă apă atunci, Lioara ieşise după mine.

– Iartă-i Paul! Au înnebunit! Dacă nu eşti tu, e altul! Însă cu asta o să înceteze corespondenţa noastră. De asta mi se frânge inima.

– Sunt doar uimit! Au o fixaţie pe nunta asta. Bănui că vor nepot repede, zisei eu tăios.

Lioara deschise ochii mari şi lasă apoi capul în jos.

– Iartă-mă, i-am zis eu repede, luându-i mâinile. E prea mult pentru mine! Eu nu sunt o maşină şi nici nu cred că....că te iubesc! Cred că am greşit că ne-am scris, e o eroare pe care o s-o corectez printr-o ultimă scrisoare oficială adresată alor tăi. Nici eu, nici tu nu suntem maşini pe care le porneşti şi opreşti şi în care bagi combustibil. Lioara ridică ochii, erau plini de lacrimi.

– Ai dreptate, aşa să faci! Să mergem în casă....

– Da, să mergem!

Cât a mai durat, nu am mai fost atent. L-am lăsat pe tata să îndure până la capăt. Au plecat şi gata. Scrisoarea de adio le-am arătat-o la ai mei. Scriam în ea că nu sunt pregatit să-mi asum responsabilităţi şi nici Lioara nu vrea. Aşa că rupeam aşa-zisa logodnă!

– O trimiti? mă întrebară ai mei...

– Da! Negreşit, am spus eu cu convingere...

La Iaşi, Lioara o primise şi o citise. Îi anunţase pe ai ei, care nu schiţaseră niciun gest de uimire. Parcă strigau: "altul la rând!"

– Oricum nu-l iubeai, găsim noi altul. O să vorbesc cu Alexandru să vedem la corpul ofiţerilor!

– Mamă! E adevărat că nu l-am iubit....până acum. Acum îl iubesc!

– Foarte rău pentru tine! O să-l uiţi în curând!

– E numai vina voastră! V-aţi băgat în sufletele noastre şi aţi distrus tot, cu graba voastră!

– Lioara, cum vorbeşti cu noi?

– Uite aşa! Îmi distrugeţi viaţa!

– O căsătorie îţi va scoate gărgăunii din cap! Trebuia să nu mergi la pension şi nici prin alte ţări! O femeie nu e făcută pentru asta. Te-a stricat prea multă cunoaştere!

Lioara, se ridică distrusă şi plecă plângând spre camera ei.

– Paul! Paul! Te iubesc atât de mult! Sunt o nenorocită! O să te iubesc mereu! Împotriva tuturor, poate o să mai avem o şansă în altă viaţă!

Cât mă priveşte pe mine, sincer să fiu, îmi lipseau scrisorile ei, gândurile ei de femeie altfel, deschiderea ei, dar, mai tare de atât, îmi lipsea ea! Ochii aceia mari, care vorbeau în tăcere. Acum când pierdusem legătura cu ea, o doream lângă mine. Însă eram un laş pe atunci, mă exasperau părinţii săi. Nu puteam sau nu vroiam să le ţin piept. Nu am luptat deloc. Cam atât despre prima mea iubire...

Căsătoria cu Andrei Pârvulescu nu i-o cunoşteam pe atunci. Dar viaţa mi-a deschis o fereastră şi pentru asta. Nu l-a iubit niciodată, însă cred că el pe ea da. Asta l-a ros mereu şi l-a iritat întotdeauna. Cu pierderea copilului, s-a terminat totul între ei.

Eu am fugit în Anglia, la ambasada noastră, iar Arlett m-a făcut s-o uit imediat, sau poate nu s-o uit, ci s-o închid într-un cufăr mic pe Lioara, apoi acest cufăr să-l pun în altul şi tot aşa... Am revenit apoi în ţară, a urmat viaţa cu Anca şi acum războiul ăsta care m-a rupt de ai mei.

CAPITOLUL 21

Războiul mai dură câteva luni, oricum timpul trecea la fel. Apoi se termină. În acest timp nu m-am mai gândit la promisiunea față de Andrei, aveam timp după. Când se termină, toți cei care rămăsesem întregi la minte și la trup plecarăm către ceea ce a fost pentru fiecare sprijinul care l-a făcut să se țină de firul vieții.

Am plecat și eu către Amara. În una din ultimele scrisori mi se spusese că acolo mă vor aștepta cu toții. Din aceste scrisori, ultimele din acest război, aflasem că la București casele noastre erau încă în picioare. Toți mă așteptau pe mine să începem să le refacem. Mă așteptau la gară toți! Mai bătrâni, dar fericiți că mă întorceam. De altfel, și eu aveam 45 de ani, arătam așa cum eram, cu 10 ani mai mare. Cute adânci îmi brăzdau obrajii, acolo unde altă dată la orice zâmbet răsăreau două gropițe. Obrazul aproape supt și plin de barbă arăta și el urmele a ceea ce fusesem. Fruntea mea era o aliniere de cute, iar părul ca spaimele războiului, aproape alb. Nu mă cruțase deloc.

Începuseră cu toții să plângă și eu la fel de altfel. Mi-o împinseră pe Anca mea în brațe. Era deja o domnișoară frumoasă. Oare de ce nu am avut parte de clipele în care a trecut de la statutul de copil la acela de fată, aproape de măritat? Avea 15 ani. Am luat-o în brațe ca pe un fulg.

– Fata mea dragă!

– Tată, mi-a fost atât de dor de tine! Cu toții ne uitam cu groază la listele acelea care tot veneau pline de nume de oameni morți. Eram atât de fericită când nu te găseam pe niciuna!

– Ți-am promis că mă întorc!

– Da, tată! Sunt atât de fericită?

– Haideți acasă, zise tata.

Tata parcă mai aplecat către pământ, ținea să nu-l asalteze lacrimile prea tare, poate doar acasă. Ținuse în frâu toate aceste cucoane cu spaimele lor cu tot. Cum rezistase totuși cu ele? Mie îmi veni să zâmbesc, când mă gândeam la asta. Avea ziare destule? Cred că nu, însă cu siguranță își găsise el ceva de făcut.

Casa mamei era încăpătoare şi primitoare. Eu nu-mi găseam locul şi mă simţeam stingher.

– Mi se pare ciudat să văd o casă cu de toate în ea…. E diferit de tranşeele în care am stat eu sau de barăcile unde dormeam sau se făcea mâncare… Va trebui să mă obişnuiesc cu asta.

– O să te obişnuieşti, copilul meu, zise mama. Te vom ajuta noi…Vrei să te speli?

– Da, cred că ar trebui să aruncam în fundul magaziei hainele astea. De-abia aştept ca spuma săpunului să ducă cu ea nu doar mizeria asta tăbăcită din pielea mea, ci tot răul pe care l-am dus în spinare.

– Vino cu mine atunci. Baia este aici, îţi mai aduci aminte?

– Foarte vag.

Când am ieşit din cadă, am vrut să fiu un alt om…şi am fost…. Masa a fost atât de plăcută, toţi aveam lacrimi în ochi şi mulţumeam lui Dumnezeu că eram vii cu toţii. Din ce s-or fi întreţinut? Ştiam că au bani deoparte, dar intraseră în ei? Asta aveam să aflu a doua zi dimineaţă, când am avut o discuţie serioasă cu tata. I-am spus că nu am de ce să mă odihnesc. El mi-a povestit despre comuniştii care vroiau să schimbe totul. Să împartă totul între oameni, de la cei bogaţi să dea la săraci, să nu mai existe elite.

– Am mai fost la minister, Paul…totul e schimbat, oameni de tip nou peste tot. Ministrul a fost obligat să lase totul baltă şi să se pensioneze. Ştiam că o să te întorci, cu toţii ştiam asta. Nu putea Anca să rămână şi fără tată. Însă acum, nu trebuie să începem să ne lamentăm. Trebuie să acţionăm.

– Tată, sunt foarte mirat!

– Paul, totul s-a schimbat! Muncitorimea e acum la putere. Tu nu o să mai vezi vreo slujbă mare decât dacă treci la partidul lor de analfabeţi şi de hoţi la drumul mare. Ţi-am zis că ştiam că vei veni înapoi, aşa că am lăsat femeile să plângă … şi am acţionat! Încă nu e totul atât de crunt, dar va fi în câţiva ani.

– Mă îngrijorezi, despre ce e vorba?

– Paul, câtă viaţă mai ai, vreau să o trăieşti fără frică şi suferinţe, ţi-ajunge războiul. Noi avem ceva pământ, sunt şi casele astea. Am înţeles că nemernicii ăştia de comunişti doresc o lege de naţionalizare, astfel omul are dreptul la un spaţiu locativ, nu la o casă. Am hotărât să le vindem, cu excepţia casei maică-tii. Aşa am avea casa noastră departe de capitală şi fără invazii ale altora cu drept de spaţiu locativ.

– Tată, văd că e serioasă treaba!

– Da, este, şi ministrul tău a făcut la fel şi şi-a luat casă în afara ţării. O să plece în curând cu toţii. Acuma încă se mai poate. Am găsit cumpărător şi la casa mătuşii Aida. Nu sunt multe stricăciuni la ele, doar la grădini, dar asta nu e o problemă, se pot reface. Când vom rămâne doar cu Amara, veţi fi departe!

– Veţi fi?

– Da, tu şi Anca! Noi suntem prea bătrâni, vom rămâne aici. Ce poate să ne facă nouă, unor bătrâni trecuţi de 70 de ani…Mult nu o mai ducem.

Eu eram surprins, tata se gândise la tot, stătuse treaz şi îşi făcuse un plan…

– Mama, ce zice?

– Zice că am dreptate! Aici, totul se va schimba. Mâine merg să închei contractele pe case, am şi de la Aida împuternicire.

– Cui le vindeţi?

– Am avut noroc, unor comunişti îmbogăţiţi, cu ceva studii. Cred că nu o să distrugă imobilele. Îmi şi dau banii pe loc. E secret, cred că şi ei între ei se mănâncă şi se pârăsc.

– Vin şi eu!

– Tu nu vii! Ai bate la ochi…

– Şi banii?

– Banii vor fi transferaţi în Anglia. Am deschis acolo un cont pe numele tău! M-a ajutat femeia aceea a ta, de acolo!

– Arlett? ţipasem eu deodată.

– Da, chiar ea, e tare cumsecade! Ne-a ajutat şi cu viza pentru Anglia!

– Tată, deja e prea mult! Deja mi s-a programat viaţa!

– Da, aşa e! Uite paşapoartele şi lasă-l pe tatăl tău să te mai ajute acum, pentru ultima dată! Pentru tine, dar şi pentru Anca!

– Cum ai luat legătura cu Arlett?

– Femeia asta chiar te-a iubit! S-a întristat când a aflat că eşti pe front. Vrea să te ajute pe tine, dar şi pe Anca. Cred că acum s-a liniştit, de altfel a mai îmbătrânit. E singură cu două pisici. Soţul a lăsat-o putred de bogată, murise.

– Dar cum a ştiut să dea de voi?

– A scris la Bucureşti, iar soarta a făcut să primesc scrisoarea de la un vecin care a păstrat-o.

– Nu ai stat tot timpul aici?

– Ba da, dar nu m-am îndurat să nu mă mai duc câte puţin...A fost un dar de la Dumnezeu, altfel nu aş fi reuşit nimic...Uite scrisoarea ei! Tata căuta într-un sertar şi îmi întinse scrisoarea. Era scrisă de două ori, în engleză şi în franceză, noroc că tata ştie franceza...

– Da, e scrisul ei....

– Ştie de Anca! Nu cred că o deranjează nici dacă ai veni cu o altă femeie, s-a liniştit!

– Tată, eu nu pot pleca chiar acum. Am ceva de făcut foarte important! Trebuie să merg acasă la noi să caut ceva. Pe front s-a întâmplat ceva şi s-a terminat cu o promisiune din partea mea.

–Maică-ta ţi-a golit sertarele. Ce vrei să cauţi?

– Scrisorile Lioarei!

– Scrisorile Lioarei? Pentru ce? Iar umblă la dulap, scosese un pacheţel legat frumos cu panglică albastră....Astea sunt?

– Tata, tu eşti Moş Crăciun?

– Nu, fiule...Despre ce este vorba?

– Pe front am luptat alături de Andrei Pârvulescu. De două ori a scăpat, a treia oară nu a mai fost chip. Pe patul de moarte, cu ultimele puteri, mi-a spus că Lioara nu l-a iubit niciodată, crede că doar pe mine m-a iubit! Am de la el câteva lucruri personale să i le dau Lioarei şi încă ceva mai important! Andrei m-a făcut să-i promit că o să încerc să reînnod dragostea noastră, să ne căsătorim, să fie Lioara mama Ancăi... Lioara a rămas însărcinată o singură dată, dar a pierdut copilul. Ea nu are copii, iar Anca nu are mamă.

– Ce bine era, Paul, dacă părinţii Lioarei nu erau aşa de disperaţi pe atunci.

–Aşa e!

– Dar tu, Paul, ai vrea să o iubeşti? Ştie de soţul său?

– Asta vreau să aflu, vreau să mă duc la Iaşi s-o caut, să-i dau lucrurile lui Andrei şi să-mi dau seama dacă pot să-i îndeplinesc dorinţa mortului. Am nevoie de timp pentru asta.

– Da, Paul, poate a doua oară va fi bine. Mi-aduc aminte că vă potriveaţi.

– Mereu ai spus asta, mi-aduc bine aminte!

Tata luă unul din paşapoarte:

71

– Uite, ai la dispoziţie 3 luni de zile să vezi ce-i cu tine. Până atunci banii vor fi în cont şi tu vei avea o căsuţă mică în Anglia. Acolo vă veţi descurca voi. Însă trebuie să-mi promiţi un lucru...

– Care?

– Vei pleca, cu sau fără Lioara. Ai trei luni de zile ...tu pleci la Iaşi, iar eu la Bucureşti. Nu are rost să zaboveşti... Şi încă ceva, Paul! Anca e pregătită! Ştie că va pleca cu tine! De-abia aşteaptă! I-a făcut rău războiul, cred că simte nevoia să schimbe aerul. A vorbit de multe ori cu Arlett. Cred că vrea în jurul ei persoane mai tinere. A crescut doar între bătrâni.

– Ai pregătit totul!

– Da, fiule! Totul! Doar tu şi Anca contaţi pentru noi!

CAPITOLUL 22

Într-adevăr, a doua zi tata rezolvă totul, inclusiv transferul de bani către Londra. Când venise acasă, sunase la Arlett, care se pusese în mişcare. Trebuia să confirme banii din cont. Am hotărât ca atunci când va suna Arlett, să răspund eu. Aşa am făcut. Prima dată nu mă recunoscuse, ceruse cu domnul Voicu, puţin contrariată.

– Eu sunt domnul Voicu, Arlett! Paul Voicu!

– Paul, Dumnezeule mare, nu te-am recunoscut! Eşti bine?

– Atât cât pot să fiu, Arlett. Sunt acasă de două zile şi deja am aflat de complotul tău cu tata. Mare noroc că ai scris şi o variantă în franceză, tata nu ştie engleză. Peste trei luni vin în Anglia!

– Dragul meu Paul, cum te simţi? Arlett era înecată de plâns.

– Nu plânge, sunt fericit! Mă bucur de fata mea, e mare acum, o adevărată domnişoară.

– Da, ai tăi sunt mândri de ea! Şi eu voi fi, o să o învăţ tot ce ştiu eu, va fi o lady încântătoare!

– Arlett, dacă nu aş veni doar cu Anca?

O secundă nu se mai auzi nimic…

– Paul, poţi veni cu oricine. Eu m-am liniştit! Viaţa m-a adus cu picioarele pe pământ. Eram nebună în tinereţe, însă, când a murit soţul meu, a murit împăcat! Doar el mă iubise! Mi-am dat seama prea târziu! Un suflet nobil, m-a iertat imediat! Ai pe cineva?

– Nu, acum nu, dar e posibil. Trebuie să-mi ţin o promisiune făcută unui muribund în război.

– Aşa să faci! Promisiunile date morţilor trebuie îndeplinite! Nu te voi mai reţine Paul, atât doar, ai banii aici, în contul tău! Te aştept cu cine vrei tu să vii, doar că tu şi fiica ta aveţi viză.

– Crezi că poţi rezolva în cazul în care aş vrea să vin şi cu altcineva?

– Depinde cât de repede îmi spui.

- Eşti foarte generoasă, Arlett!

- Ţi-am zis că m-am schimbat! Noapte bună, Paul!

- Noapte bună, Arlett!

73

Într-adevăr se schimbase Arlett. Avea o anumită caldură în glas pe care nu i-o cunoșteam. Putea fi atât de bună să mă primească și cu Lioara până găseam o proprietate mică, o casă?! În seara aceea, am mai avut o discuție cu Anca...despre Lioara. Era curioasă s-o cunoască.

– Tată, du-te repede la ea! Să știm, vrea să vină cu noi, te mai iubește? Viza nu așteaptă....

–Ai dreptate! O să mă duc zilele astea. Până nu se strică vremea. Totul e atât de rapid pentru mine, deodată nu mai am casă, nici serviciu. Nu am timp să-mi trag sufletul după război că uite, o iau de la capăt!

–Tată scump! Anca era în brațele mele, mângâindu-mă fericită. De când aștept clipele astea. Tot timpul ne gândeam pe unde dormi, dacă ți-a dat cineva de mâncare, dacă ți-e frig.

– Nu te mai gândi! Acum îmi este bine! Iar la Londra vom fi împreună, cunosc orașul, îmi voi găsi ceva de lucru, cu siguranță.

CAPITOLUL 23

M-am hotărât să plec a doua zi către Iași. Nu aveam un plan anume, habar nu aveam dacă o s-o mai găsesc la vechea adresă sau măcar pe părinții ei. Nu mai știam cum arăta, doar așa, în linii mari... Avea acum vreo 40 de ani, nu mai arăta cu siguranță ca la 20, poate doar privirea. Știam că trebuia să rezolv repede, în orice fel, și apoi să plec. Nu-mi trebuise mult să îmi dau seama că tata avea dreptate. Norocul nostru că vânduserăm casele la niște comuniști de rang înalt, care cred că nu ne-ar fi putut ajuta în vreun fel. Poate...

Aveam la mine tot ce-mi dăduse Andrei: scrisorile, o fotografie, o iconiță, livretul, îi tăiasem cu briceagul chiar și o șuviță de păr. Mai aveam și verigheta lui. Așa că îmi luasem bilet și am plecat către Iași. Un drum lung, mai lung decât era firesc, cu multe opriri. Mă săturasem de câte ori mi se ceruse să arăt biletul. În rest, mi se părea ciudat cum eram îmbrăcat și cât de curat eram. Mi se părea că nu sunt eu cu pielea curată, fără pământ sub unghiile tăiate scurt. Cât m-am schimbat în câteva zile! Compartimentul era plin, era chiar și un țăran care se urcase pe la mijlocul traseului, avea un coș cu o gâscă legată la picioare să nu scape. Parcă eram la teatru. Mi se părea atât de frumos și ireal totul!

Nu-mi venea să cred că nu trebuie să mai car pușca după mine. Nu neg că încă mai aveam automatisme. Îmi căutam mereu pistolul. Tata mi-a zis că vor trece astea cu totul, era normal așa. Timpul va spăla urmele de sânge de pe trupul meu. Dar din suflet? Cred că niciodată pe deplin. Este adevărat că omul are capacitatea fenomenală de a da la spate, de a trăi, de a mânca, de a supraviețui. Așa cum inevitabil soarele răsare în fiecare dimineață, așa și omul spune da supraviețuirii.

Am ajuns târziu, spre seară. Mă gândeam cum să fac să nu sperii pe cei din casa cu pricina. Dacă eu aveam probleme de recunoaștere, cu siguranță și de partea cealaltă era la fel. Îmi era și foame. Totuși, am hotărât că o să mănânc după aceea. Aveam banii mei, un fel de pensie de veteran de război și îmi mai dăduse și tata.

De-abia aşteptam să muncesc din nou, s-o iau de la capăt, cu sau fără Lioara, însă cu Anca sigur.

Din gând în gând am ajuns la casa părintească a Lioarei. Slavă Domnului, era întreagă! Avea hârtie albastră în ferestre, încă nu o dăduseră jos. Poarta era deschisă. Am intrat cu teamă, ce m-o aştepta aici? La urma urmei, las ce am adus şi plec. Din spate se auzeau ceva foşnete clare, dar foarte timide. Mă învăţasem pe front să ciulesc urechile şi să-mi dau seama ce urma să vină din cer peste noi. Era important, de cele mai multe ori era vital. Aşa că ce unii nu aud, eu am auzit. M-am îndreptat înspre acolo, în spate era o grădină de zarzavat şi o femeie care era aplecată asupra unor tufe. Mi-am făcut curaj şi am deschis vorba:

– Doamnă, nu vă speriaţi, sunt Paul Voicu şi doresc să ştiu dacă în această casă mai locuieşte familia Martin. Am un mesaj foarte important de transmis! Dacă s-au mutat puteţi să-mi daţi adresa? O caut în special pe fiica lor, Lioara. Cred că vorbisem cam mult, femeia avu timp să scoată un ţipăt scurt, să se ridice şi să-şi revină....Se ridică şi se întoarse. Stupoare...era Lioara! O recunoscusem! Lioara, tu eşti?

– Da, eu sunt!

– Ce norocos sunt! Te-am găsit din prima!

– Paul, de unde ai răsărit? Nu credeam că o să te mai văd vreodată!

– Încă mai eşti supărată! Cred că trebuia să pun ce am să-ţi dau la poştă şi nu te mai făceam să-ţi aminteşti de mine.

– Paul, hai pe banca asta! Eşti obosit.

– Da, sunt. Vin de la Bucureşti, şi doar pentru tine, am făgăduit cuiva!

– Paul, eu nu sunt supărată pe tine! Nu am fost niciodată! Doar că am învăţat să te iubesc după ce ai plecat! Atât! Ai făcut razboiul?

– Da, până la capăt!

– Am aflat că ţi-a murit nevasta şi că ai o fată.

– Da, Anca a murit imediat, doar mi-a lăsat o nouă Anca.

– Viaţa asta e tare ciudată! Şi eu sunt singură!

– Ştiu, tocmai de asta am venit! Am scos din geantă un mic pachet pe care i l-am pus pe genunchi. De la Andrei, soţul tău. L-am văzut murind!

—Paul, ce tot vorbeşti?

Lioara începuse să desfacă pachetul, fiecare amintire era scoasă la iveală. Începu să plângă.

— Nu l-am iubit niciodată! Şi el ştia. Chiar îţi ştia şi numele.

— Eu ştiu mai multe ca tine, Lioara! Tot războiul l-am făcut împreună. Stătea în spatele meu şi mă sfredelea cu privirea. Ştia şi nu a zis nimic,decât pe patul de moarte, m-a chemat şi mi-a vorbit cu ultimele puteri. Mi-a spus că doar pe mine m-ai iubit, mi-a zis de copil şi m-a obligat să mă ţin de o promisiune smulsă cu greu. Acum sunt aici să-mi ţin promisiunea. Nu te obligă cu nimic, însă doar trebuie să te întreb, să-mi fac datoria către soţul tău. A fost un om nobil pe care mi l-am apropiat doar cu moartea alături.

— Ce l-a omorât?m-a întrebat ea....

— Un obuz. Toţi au murit pe loc. El, la distanţă de o discuţie...cu mine.

— Ce promisiune i-ai făcut?

— Aceea de a te întreba dacă vrei să te căsătoreşti cu mine?! Să fii mamă pentru fiica mea şi ea, fiica pe care nu ai avut-o! Poate ţi se pare deplasat, dar asta am promis să fac, iar promisiunile faţă de morţi trebuie respectate! Poate ţi se pare o neobrăzare din partea mea, Andrei m-a rugat să te întreb, iar tu să alegi dacă e da sau nu. Şi eu sunt încurcat. Eu, mai rău ca tine! Aproape că războiul ne-a dezumanizat. Sunt năuc şi totuşi am venit atâta drum să-mi ţin promisiunea. Nu ştiu să mai iubesc şi nici nu am pe cine să rog să mă înveţe să trăiesc din nou. Am o fată de care mă agăţ să trăiesc. Mă agăţ de tinereţea ei crudă...Acum am impresia ca mă agăţ ca un naufragiat de fustele tale! Ai putea tu să uiţi tot şi să mă înveţi să fiu om? Să mă învii, cum învie Christos de Paşti? Habar nu am! E hotărârea ta! Eu mi-am făcut datoria!

Nici nu ştiu dacă trebuie să aştept acum un răspuns sau să plec...Mă gândesc că acum ai puterea să-ţi schimbi viaţa sau s-o laşi aşa. Mă gândesc! Apoi, este posibil să-ţi fi refăcut şi tu viaţa cu cineva de pe aici. Doar nu-ţi puteai închipui că vin eu. Am vorbit cam mult, nu? Însă nu pot să aştept. Mâine plec înapoi!

— Paul, i-ai promis lui Andrei că mă vei lua în căsătorie?

— Da, Lioara! În fond, cred că te-a iubit foarte mult. Eu nu te-am cerut niciodată în căsătorie, dar uite, Andrei m-a rugat să o fac!

- Ai putea să mă iubeşti, Paul?

- Aş putea învăţa! Nu va fi uşor să uit războiul, însă pot să-mi aduc aminte că demult, îţi aşteptam cu nerăbdare scrisorile şi eram fericit. Apoi când nu am mai primit nimic de la tine, am fost nefericit şi am fugit!

– Şi acum vei fugi?

– Tu decizi dacă voi fugi împreună cu tine! Cred că dacă vrei, m-ai putea face să iubesc oamenii şi apoi pe tine. Anca ştie de tine, cred că te vrea, e nerăbdătoare, cum sunt toţi copii. Cred că are nevoie de o mamă! Ce zici? E prea mult? A fost dorinţa lui Andrei! Iată-mă! Am venit! Te cer în căsătorie! M-am coborât încetişor şi m-am aşezat în genunchi, apoi Lioara mi-a luat capul în mâini.

– Ai albit, Paul! …Din glasul ei îmi dădusem seama că o înecau lacrimile şi că de-abia vorbea…Dragul meu Paul, de când aştept clipa asta! Mă gândeam că o să ne întâlnim în altă lume şi acolo va fi altfel.

– Crezi că poţi să o iei de la capăt? Crezi că poţi să mă scoţi din amorţeala în care înot?

– Eu vreau, Paul! Tu vrei?

– Da, Lioara! Acum vreau! Vreau un nou început, fără să nu ne împingă nimeni de la spate! Să vină totul de la sine, încet şi sigur, ca o temelie solidă. Am început amândoi să plângem, lacrimile noastre ne descătuşaseră sufletele. Speranţa reînnăscuse imediat! Buzele mele sărutau mâinile Lioarei şi ochii şi gura, ca niciodată în tinereţe.

– Te iubesc, Paul! Aş merge după tine oriunde! Nu speram să te mai văd vreodată!

– Învaţă-mă să te iubesc, Lioara!

– Cred că deja mă iubeşti puţin, zise ea zâmbind….

– Poţi fi o mamă bună pentru fiica mea?

– Da, îţi promit! Va fi ca şi când aş fi născut-o eu!

În timpul ăsta în faţa noastră, nevăzut de nimeni, se aşezase un bărbat. Când l-am văzut, am vrut să mă ridic.

– Stai, e Alexandru!

– Alexandru?

– Alexandru, de când stai acolo? întrebă Lioara

– De la început! Nu ştiam de ce nu intri în casă. Mai bine! Am văzut tot şi nu trebuie să-mi mai povestiţi nimic!

– Vino aici!

Alexandru avea ochii în lacrimi, îl mişcase povestea mea.

– Bine ai venit, Paul! Ţi-o dau cu dragă inimă pe Lioara! Ia-o! Noi nu mai avem părinţi demult! Să fie într-un ceas bun! Acuma că v-am văzut, nu mai am dubii! Ce trebuie să se întample, se întâmplă, mai devreme sau mai târziu. Haideţi în casă! Lioara, mergi şi pregăteşte o cameră pentru Paul. A făcut cale lungă până la tine! Lioara o luase deja înainte.

– Eşti căsătorit, Alexandru?

– Da, am un băiat de 8 ani! Stăm toţi patru aici! Uite-o pe Lidia! Lidia, el e Paul!

Lidia a venit şi dăduserăm mâna. Era o femeie micuţă cu glas blând.

– O să mă duc să termin de pregătit masa.

– Mihai ce face?

– Mihai cred că a adormit. I-am dat eu ceva de mâncare înainte.

– E un copil tare liniştit! Cu mine nu seamănă. Cred că în mare parte cu Lidia. De la mine are ochii, fruntea şi forma nasului, în rest e Lidia toată....

– Cu ce te ocupi acum?

– Tot în armată. Sunt căpitan acum.

– Ce se aude cu casele, vi le ia?

– Am apucat de am vândut tot! Avem deja casa asta. Ne lasă în pace pentru că sunt militar.

– Te-ai înscris la partid?

– Nu. Nu vreau s-o fac! Nu mi se potriveşte, sper să nu mă oblige.Uite, aici e baia, camera ta e deja pregătită.

– La masă! se auzi alt glas, cel al Lidiei, desigur.

Demult nu mai stătusem la masă atât de fericit! Familia asta care mă primea pentru a doua oară!

– Paul se va căsători cu Lioara, Lidia...În sfârşit, vestea pe care o aştepta de mult Lioara.

– Am şi eu multe de spus, Lioara!Dragostea noastră de-abia reînnăscută, va fi iar un pic zdruncinată!

– Paul, spune tot! Nu vreau să te pierd pentru a doua oară!

– Eu şi Anca avem viza pentru Anglia. Totul e pregătit, am şi un cont în bani acolo. Ne vom căsători repede şi vom pleca acolo. În calitate de soţie ţi se va da viza şi ţie. Ştiu că e prea mult pentru o seară, dar toţi ai mei te aşteaptă!

– Paul, vin cu tine oriunde! Ne căsătorim şi fără trusou, spuse zâmbind unei amintiri readuse la viaţă.

– Poate dacă se înăspreşte regimul, aşa cum se aude, nu o să ne mai putem întoarce. Eu îi las pe ai mei, care au pregătit totul şi tu îţi laşi fratele. Lioara tăcu, apoi spuse scurt:

– Vin cu tine! Eşti singura mea speranţă de iubire!

– Aşa gândeam şi eu, zise Alexandru.E foarte important să fii fericită. Niciodată nu ai fost. Mi se adresă apoi mie. Pe când nunta?

– Cred că săptămâna viitoare, e cel mai bine! Să avem timp de acte.

– Când plecaţi?

– Poimâine, să-şi adune Lioara lucrurile...

– Simţi valul? spuse Lidia...Du-te cu el! O să te ajut mâine să împachetezi ceva. Nu o să fim cu voi la nuntă şi poate nu o să ne mai vedem niciodată! Dar mă mulţumesc cu poze. Poate o să ne scriem. Poate nu o să fie rău, precum se aude.

– Lioara, ce zici? Vrei?

– Paul, eşti o avalanşă, dar merită să încerc. La vârsta mea nu mă mai aşteptam la aşa ceva. Îmi murise demult speranţa. Pentru mine, Andrei nu a fost decât un refugiu. Şi el ştia asta. Când nu am mai putut păstra copilul, s-a sfârşit totul! Îmi pare rău că a murit, dar ironia sorţii: a murit lângă tine! E măreţ, în nemurirea lui, gestul său. Nu am să-l uit niciodată Va fi mereu prezent în sufletul meu. Te-am regăsit datorită lui, el mi te-a adus aproape. A făcut un sacrificiu imens, putea să tacă.

– Aşa este!

– Însă, vezi, nu am putut să-l iubesc! Îmi aminteam mereu de tine, erai ca un portret mobil. Şi copilul acela l-am făcut cu ochii închişi şi pumnii strânşi. Îmi era ciudă că nu erai tu, Paul. Poate aşa e mai bine că nu l-am născut. Acum sunt prea bătrână pentru asta. Ar fi o minune.

– Nu te mai gândi la trecut, Lioara....Nu eşti chiar aşa bătrână. Iubirea asta regăsită te va schimba, ai să vezi! Alexandru, pot să dau un telefon acasă? Poate sunt îngrijoraţi ai mei.

– Da, sigur! Vino cu mine, pe aici Paul! Mă bucur că te-ai întors! Lioara s-a schimbat în câteva ceasuri! Parcă trăieşte, până acum parcă doar a supravieţuit. Şi eu cred că Andrei şi-a îndeplinit destinul. Voi eraţi făcuţi unul pentru celălalt de când eraţi aproape copii, păcat de impulsivitatea părinţilor noştri. Nu putem da timpul înapoi, dar măcar avem viitorul în față! Bine ai revenit în familia noastră! Eşti fratele meu, de o vârstă cu mine! Întotdeauna mi-a plăcut de tine! Uite aici telefonul. M-am emoţionat, ca o femeie.

Alexandru plecă şi mă lăsă într-un fel de birou – bibliotecă. Mă bucuram că nu rămăsese urmă de pică, dacă a fost vreodată, între noi… Am format numărul de la Amara. La Amara, puţine case aveau telefon, puteai să le numeri pe degete. A noastră avea. I- am anunţat că voi veni cu Lioara poimâine.

– Ştiam că ai să suni! Ne bucurăm pentru voi, spuse mama. A fost surprinsă?

– Da mamă, îţi închipui! Şi eu sunt un pic ameţit! Nu mă aşteptam să-mi acorde providenţa o nouă şansă. Eu speram totuşi un pic, dar îmi era frică! Mă dusesem să duc lucrurile soţului ei.

– Mai bine acum decât niciodată!

– Aşa e! Părinţii ei nu mai trăiesc, Lioara locuieşte în casa părintească alături de fratele ei, soţia şi copilul acestuia. Se înţeleg bine…

– Bine, Paul! Închide acum, nu e bine să zăboveşti, eşti şi tu obosit.

– Da, un pic, a fost un drum lung, însă a meritat. Poimâine ajungem!

– Da, fiule, te aşteptăm! Să nu uite Lioara să-şi ia toate actele!

– Nu mamă, noapte bună!

Am închis şi totul se cufundă în linişte. Am ieşit repede de acolo şi m-am îndreptat către lumină, spre locul unde toţi erau încă aşezaţi la masă.

– Ai liniştit-o pe mama ta, Paul?

– Da, sunt cu toţii la Amara. Ca să putem pleca în Anglia şi pentru a nu ni le lua, tata a vândut casele din Bucureşti, a noastră şi a mătuşii Ancăi. Până la război, acolo am locuit. S-au strâns toţi acolo la Amara, e mai la dos de orice pericol. E linişte, aproape ca la ţară. Mama e de acolo, casa e a ei, moştenire. Este şi o gradină cu flori şi pomi şi zarzavaturi. De acolo s-au întreţinut pe timpul războiului. A fost greu şi cred că nu s-a terminat. Tata are o pensie ce îi vine în fiecare lună. Se descurcă ei. Mi-au dat mie restul. Sper să reuşim să plecăm şi să ajungem cu bine.

– O să ajungeţi! Nu vă faceţi griji!

– Banii sunt deja acolo, într-un cont!

– Ai pe cineva care te ajută?

– Da, acum trebuie să facem rost şi de viză pentru Lioara.

E târziu, spuse Lidia. La culcare! Paul de-abia se mai ţine pe picioare, rezistă din respect. Să nu-l mai chinuim!

– Lioara, condu-l pe Paul la el în cameră!

– Mulţumesc! Chiar aveam nevoie de o cină aşa de bună!

– Să-ţi fie de bine! Somn uşor! Să fie într-un ceas bun! mai auzii că îi spune Lidia soţului ei, în timp ce strângea masa. Lioara îmi deschisese o uşă...

– Uite, aici e camera ta, pe care am folosit-o eu când eram mică. Are vedere în spate, e liniştită acum.

– Lioara, e adevărat? Tu eşti? Visez eu?

– Eu sunt, da, un pic schimbată, dar la fel de a ta! O luasem în braţe şi o strânsei la pieptul meu. Încă nu îmi vine a crede că e adevărat, parcă e prea simplu.

– Vom scrie o altă pagină a vieţilor noastre!

– O pagină împreună! Culcă-te, Paul, ai nevoie de odihnă...

Parcă nu mai vroiam să-i dau drumul, mă stăpânisem cu greu, dar nu i-am dat drumul să plece decât după ce buzele noastre obosiseră de atâtea sărutări fierbinţi şi nesperate. Se desprinsese uşor, îmi sărută mâinile, apoi îmi zâmbi.

–Mulţumesc Paul! Mulţumesc că eşti aici! Nu mai pleca niciodată!

– Nu mai plec, decât cu tine!

– Somn uşor!

– Noapte bună!

Uşa se închisese în urma ei, multă vreme rămăsesem întins fără să fac o mişcare. Eram aproape fericit, puteam spera la fericire, la Lioara! Într-un târziu mă băgai şi eu în pat. Era linişte şi nicio mişcare de nicăieri. Eram în casa iubitei mele şi eram mulţumit.

A doua zi trecuse repede, cu pregătiri, cu lacrimi din partea familiei ei, cu mici daruri, cu bani puşi deoparte. Andrei îi lăsase destul de multe fonduri la moartea sa şi Alexandru făcu un fel de dar de nuntă. Lioara împachetase şi o mulţime de fotografii pe care le şi vedeam înşirate pe vreo comodă în rame proaspăt cumpărate. Despărţirea la tren a fost nesperat de dureroasă, cu promisiuni de scrisori săptămânale, cu lacrimi. Eu am promis solemn că o să am grijă de Lioara, iar ea, că va încerca să fie mamă cu fiica mea. Trenul se puse în mişcare şi rămăsesem doar noi doi.

– Doar pe tine te am acum, Paul! zisese acestea cu capul pe umărul meu.

– Ţi-e frică?

– Cu tine, nu.

– Ai să vezi că o să fie bine! O să ne căsătorim repede ca să putem face actele şi mai repede. Nu o să fie dificultăţi. Săptămâna cealaltă o s-o sun pe Arlett să se ocupe de casa de pe numele meu, aşa o să mergem să ne vedem proprietatea şi nu ne mai întoarcem. Arlett e cea care m-a consolat de tine. Stai liniştită, nu mai este nimic între noi de 15 ani. Am rămas prieteni şi uite că a meritat. Acum ne ajută!

– A, da?

– Da, nu-ţi face griji! O s-o cunoşti. I-a murit soţul şi e singură. La moartea lui şi-a dat seama că doar el a iubit-o. Însă, prea târziu a realizat. Au avut timp doar să se împace, iar el să moară liniştit.

– Ai fost un crai în Anglia?

– Nu, doar ea şi doar din cauză că sufeream într-un fel după tine. Îmi era dor de corespondenţa noastră. Dar a trecut totul! A urmat Anca, iar acum m-am reîntors la 25 de ani. Doar atât avem, aşa-i?

– Da, Paul! E ultima noastră şansă de a fi împreună.

– Nu vrei să dormi?

– Nu pot! E încă dureroasă despărţirea de Alexandru. Ştiu că o să trec peste asta, dar acum simt un nod în gât!

– Dar când o să pleci din ţară? Cum va fi?

– Habar nu am!

– Doar câteva săptămâni şi vom fi la Londra. Acolo sper să îmi găsesc repede un serviciu.

– Paul, dar avem bani…

– Banii lui Andrei? Şi restul meu după ce cumpăr o casuţă?

– Da!

– Nu mă pot întreţine din banii lui Andrei! E suficient că ne-a apropiat din nou!

– Eşti copil, Paul! Banii trebuie folosiţi, sunt utili, poate de asta mi i-a lăsat! Să ne ajute până ne adaptăm acolo, departe. Nu mi-e frică de viitor, Paul! Sunt cu tine, asta contează!

– Aşa este! Ne vom sprijini şi vom reuşi! Nu uita că eu am prieteni acolo, am lucrat atâţia ani. Sigur găsesc eu pe cineva să mă ajute.

– Bine, Paul, însă nu refuza ajutorul lui Andrei! Ne va prinde foarte bine! Gândeşte-te că aşa a vrut el!

– Bine, Lioara! zisei eu zâmbind, cum vrei tu, dacă aşa eşti mulţumită!

Drumul a fost lung, plin de opriri. Eu le mai făcusem o dată, însă pentru Lioara, parcă nu se mai sfârşeau. Se plictisise chiar dacă îşi adusese de citit. Pusese masa, o strânsese, admira peisajul de la geam. O tot linişteam ca pe un copil, o luam cu uşurelul ca pe Anca.

Fata mea ne aştepta pe amândoi, i se vorbise mult despre Lioara, era şi o anumită curiozitate, dar, probabil, se gândea şi că o să fie nevasta mea. Nu îmi purta pică, ştiam asta. Îi fusesem credincios ei şi amintirii mamei sale, războiul mă învăţase să ţin cu dinţii de ce aveam, iar Lioara era ce aveam acum. Doream să îmbătrânesc şi eu lângă cineva. Toată viaţa fusesem singur, fără un suflet pereche lângă mine.

Când Lioara nu mai spera nimic, ajunseserăm la Bucureşti. De acolo trebuia să luăm ceva până la Slobozia şi de acolo încă 7 kilometri şi eram acasă. Dar surpriză! Tata şi Anca ne aşteptau la gară!

– Tată, suntem aici!

– Anca, ce căutaţi voi aici? De ce nu aţi stat acasă?

– Am făcut rost de o maşină, fiule! E a primarului din Amara, ne-a dat-o cu condiţia să-i ducem nevasta în capitală la cumpărături. Am lăsat-o într-un labirint de străduţe plin cu magazine. Ne vom întâlni la o cafenea la o oră fixă.

– Lioara, ea este fata mea, Anca!

– Îmi pare bine! Eşti tare frumoasă şi semeni cu mama ta! spuse Lioara.Eu stăteam un pic încordat, primele momente erau importante.

– Mulţumesc! Ai cunoscut-o pe mama mea?

– Da, Anca! Suntem din acelaşi oraş şi am fost pe vremuri prietene. O să avem timp să vorbim despre ea, când ne vom linişti.

– Vrei?

– Da, vreau! Gata!

Lioara atinsese punctul sensibil şi îi arătase Ancăi faptul că Anca rămase mama ei şi că nu se pune problema să-i ia locul.

– Bine, acum haideţi la maşina! S-o căutăm acum pe primăreasă.Vă e foame?

– Nu prea tare. Vrem să ajungem acasă, tată.

– Hai, atunci!

Doamna primar a stat în faţă şi a vorbit continuu. Noi ne-am înghesuit toţi trei în spate. Nu a contat prea mult. Între Lioara şi Anca începuse o discuţie ca între femei, mi-a plăcut că s-au ataşat din prima, fără mofturi. Acum eram sigur că nimeni nu o să sufere prea mult.

– Gata, uite însemnul cu Amara, Lioara!

– Am ajuns!

– O să ne odihnim!

Primarul stătea la două case înaintea noastră. Ieşi şi el înaintea noastră când auzi motorul. Apoi şi-a interpelat soţia:

– O, doamnă primareasă, ţi-ai luat ce ţi-a poftit inima?

– Da, sunt mulţumită! O să-mi fac multe rochii şi eu, dar şi fata noastră.

– Domnule primar, îţi mulţumim din suflet pentru că m-ai ajutat cu maşina. Am venit comod şi repede!

– Ea e viitoarea nevastă?

– Da!

– Mâine vă aştept să vă depuneţi actele! Să fie într-un ceas bun!

– Mulţumim, domnule primar! Sunteţi tare drăguţ! zise Lioara.

– O să venim mâine! Pe la cât să fie?

– Pe la 10, cred că e bine atunci.

Omul ăsta era înnebunit să i se adreseze toată lumea spunându-i funcţia pe care o deţinea în sat. Era omul tău dacă îl măguleai aşa, pe nevastă-sa la fel. Eram acasă!

– În sfârşit, Lioara, bine ai venit! zise mama în cor cu tanti Aida. Sunteţi obosiţi, bag de seamă! O să mâncaţi şi la culcare! Mâine aveţi treabă la primărie de dimineaţă. Cum a fost drumul cu automobilul, Iorgule?

– Bun, merge bine automobilul primarului. Cucoana vorbise prea mult, dar e necesar să înghiţim până pleacă copiii în Anglia.

– Şi după aceea, Iorgule!

– Ai dreptate!

– Anca, tu ce faci, scumpa mea? Ce ţi-a luat bunicul?

– Mi-a luat o poşetuţă roz şi o pălărioară. Apoi am aşteptat la gară. Nu ştia nimeni exact când vine trenul. A avut şi intârziere.

–Cred şi eu. Am stat o grămadă opriţi pe şine în diverse locuri.

Masa a fost delicioasă. Lioara se simţea în sfârşit bine la noi, chiar şi Anca a vorbit mai mult decât de obicei. S-a râs! Parcă intrase bucuria la noi pe geam. La urmă, mama ne anunţase că eu şi Lioara avem aceeaşi cameră, camera mea, în care schimbaseră patul.

– Nu mai sunteţi copii şi oricum vă căsătoriţi! Primarul de-abia aşteaptă! Nu se întâmplă mai nimic pe aici. Cred că la toţi ni s-a părut normal.

Mai târziu eram pentru prima dată cu Lioara în pat. Se cuibărise lângă mine cu capul la pieptul meu.

– Mi se pare ireal, Paul! La Iaşi am dormit separat, ai tăi însă au trecut repede peste bariere, au dreptate.

– Lioara, ştii de când nu am mai fost cu o femeie alături?

– Nu, de când?

– De la Anca. După ce a murit, am suferit enorm! Mi-am promis să-i fiu credincios. Şi i-am fost! Mă gândeam întotdeauna la fetiţa mea, trebuia să fiu imaculat pentru ea.

– Şi acum?

– Acum? Anca te-a acceptat. Am văzut la gară. Mi-a fost un pic teamă, dar primele momente au fost bune. A înţeles că nu îi vei lua locul mamei ei. Îi vei fi doar prietenă.

– Da, aşa m-am gândit şi eu. Cu timpul, o să avem încredere una în alta, dar uşor. Nu vreau să forţez lucrurile. Aş pierde tot. Nu vreau să distrug armonia dintre voi.

– Aş sta cu tine o veşnicie în braţe!

– Şi eu gândesc la fel, zise Lioara.

– Putem recupera timpul pierdut! O să trăim intens, la maxim…

– Vom fi împreună până la sfârşit!

– Da! Am luat-o în braţe mai strâns şi pentru prima dată am fost una…

Următoarele zile au fost minunate. Ne-am depus actele şi apoi ne-am căsătorit. Doar civil. Nu aveam timp de altele acum. Erau în plus. Lioara a purtat un costum frumos bleu-marin la care asortase o pălărie. Toată lumea ne ştia povestea şi veniseră să ne binecuvânteze. Stăteau țăranii la ușa primăriei cu flori de prin grădinile lor.

Lioara strălucea, se vedea că era fericită și iubea din toată inima. Parcă era iar fetița pe care o cunoscusem cu mulți ani în urmă. Ai ei erau prezenți prin Alexandru, care nu a putut rezista. Trebuia să o vadă pe Lioara fericită. Imediat însă plecă la Iași. Nu putea să o lase multă vreme pe Lidia singură cu băiatul lor.

Părinții mei făcuseră un fel de masă festivă. A fost plăcut. Nu cred că voi uita niciodată clipele acelea. Și Anca era fericită. Lioara hotărâse să o adopte cumva cu acte în regulă, iar Anca era de acord. Avea o familie întreagă și viața înainte. Urma să nu ne odihnim în zilele următoare deloc, nici vorbă de lună de miere. Trebuia rezolvată viza Lioarei. Nu a fost prea greu pentru că era căsătorită deja cu mine, iar eu aveam deja actele în regulă. Mai aveam cam două luni de viză valabilă. Trebuia să ne grăbim.

Hotărâsem să plecăm cu avionul, chiar dacă doamnele nu mai urcaseră în vreunul până atunci. Era mai rapid și mai comod. Nu era prea obositor. Nu era direct, trebuia să luăm o cursă mai întâi spre Paris, dar nu era o problemă. Eram uimit de viața mea acum. Viața îmi dăduse în sfârșit crâmpeie de fericire alături de Lioara. Aveam să pornim într-o altă etapă, aproape necunoscută, dar la fel de palpitantă.

Arlett, cum v-am spus, își făcuse treaba. Îmi cumpărase o casă cu o mică grădină în față. Poate că acolo Lioara își va pune șevaletul și va picta. Am uitat să vă spun că Lioara picta, așa încerca să uite de tristețe mereu. Acum însă eu speram să picteze de bucurie, să fie niște tablouri calde pline de fericirea de care credeam că o să avem parte. Deja visam cu ochii deschiși.

– Lioara, îi spusesem eu într-o dimineață, hai să plecăm mai repede, hai să nu o mai lungim! Ne va fi groaznic de greu dacă ne vom întinde prea mult. Ofta.

– Cred că ai dreptate!

– O să mă duc să iau bilete. Stai aici și, mai ales, nu te necăji! Acolo avem deja casa noastră. Arlett ne așteaptă, nu știu noi ce mai așteptăm.

– Bine, Paul! Du-te și ia bilete. Dar lasă-mă măcar să fiu melancolică.

‒ Nu-i voie, iubito, am zis eu luând-o în brațe. Te-am așteptat prea mult! Ce viață aș fi avut eu fără tine?

– Du-te şi ia biletele! O să împachetez cu Anca. Nu prea stiu ce, dar, în fine, o să iau câteva lucruri dragi.

– Vezi că eu chiar mă duc, Lioara.

– Te aştept să mă conduci în altă lume.

– Vorbeşte tu cu Anca!

Am luat banii, actele şi am plecat după bilete. Am lăsat-o pe Lioara, soţia mea, să facă restul. Anca nu se împotrivi, zâmbea unei vieţi cu schimbări prea curânde. Pregătiră amândouă bagajele şi îşi puseră şi câteva lucruşoare scumpe inimii în valize. Au fost atente să nu umple prea multe valize, căci am fi stat prea mult la control.

M-am întors târziu în ziua aceea, însă m-am întors cu biletele. Eram rupt de oboseală. Urma să plecăm peste trei zile către Paris. Acolo aveam să stăm o zi, iar a doua zi să o luăm spre căsuţa noastră. Am dat telefoane la Iaşi, unde toţi erau în aşteptare. Erau trişti că plecam, însă erau totodată nerăbdători să ne vadă liniştiţi undeva. Erau bucuroşi că aveam casa noastră acolo, ceva bani de la mine şi ceva mai mulţi de la Lioara. Banii lui Andrei! Întotdeauna o să-mi aduc aminte de el cu pioşenie.

Ziua sosi. Tata îl rugă iar pe primar să ne dea automobilul. Acesta îl dădu cu dragă inimă. Mama şi tanti Aida îşi luară rămas bun de la Amara, doar tata ne conducea.

– Nu plângeţi! O să sunăm de la Paris, apoi de acasă, de la Londra! Sper să ne vedem curând! O să vedeţi că imediat ce mă voi instala cu doamnele mele acolo, vă voi chema.

– Dacă mai trăiesc, zise mama.

Dureros, dar şi mai dureros a fost momentul când l-am lăsat pe tata lângă maşina primarului şi am plecat doar noi trei. Bătrânul acesta îmi hotărâse soarta, iar acum parcă nu mai vroia să vadă rezultatul muncii sale. Ştia că făcuse totul pentru că se înrăutăţea viaţa în ţară, dar parcă nu suporta să se despartă de mine. În război nu m-a văzut decât rar, iar acum, când se va mai întâmpla?

Anca nici nu-şi mai ştergea lacrimile, iar Lioara? Lioara îşi luase la revedere prin telefon. Poate fusese mai bine aşa. Din avion, încă mai vedeam maşina şi pe tata…o mogâldeaţă cu părul alb. Nu a plecat decât când nu ne-a mai văzut.

La Paris am ajuns cu bine şi ne-am cazat imediat. Parcă ne-am mai liniştit un pic după ce am vorbit la Amara şi Iaşi. Scurt, dar destul pentru atâtea suflete îndurerate. Atunci am promis în faţa dragelor mele că voi face totul pentru a ne reîntregi cu toţii în ţara care părea că promite totul. Şi ele se gândiseră la fel. Poate nu acum, dar peste un an, trebuia să fim cu toţii împreună.

A doua zi, ne aştepta Londra. Parcă inima nu mai durea atât de tare. Era şi o curiozitate care cu greu era stăpânită. Din Paris telefonasem şi la Arlett. Ne va aştepta la aeroport. Arlett nu avea copii, trăia cam singură. Doar nepoţii de la un frate, un băiat şi o fată, o mai vizitau. Cred că noi devenisem copiii ei peste noapte, ca acum 20 de ani eu.

Era bine că toţi ştiam engleză. Nu va fi greu. Şi iată suntem în avion. Avem atâtea speranţe cu toţii. Ni le vom îndeplini cu siguranţă. Suntem încă puternici, încă plini de energie, iar Anca e de-abia la început. Parcă mă gândeam la trecutul nostru şi eram sigur de un lucru: aveam de partea noastră iubirea. Nu eram singuri şi aveam dreptul să sperăm.

Adio, Bucureşti! Bine te-am găsit, Londra! Aştept atâta de la tine! Mi-ai mai alinat odată rănile în tinereţe. Acum vin mai puternic la tine, mă întorc cu tot ce am mai de preţ, femeile mele, adică: "Iubirea"! Te voi învinge şi voi reuşi! Sunt încrezător! Simt că zbor. Şi aşa şi era, ne aflam încă deasupra norilor, aproape de Dumnezeu.

PARTEA A II-A

CAPITOLUL 1

Martie 1946. O lună pe care nu am s-o uit curând. Venise timid primăvara şi la Londra. Venise odată cu noi. Era frig şi umezeala caracteristică oraşului era prezentă. Arlett făcuse treabă bună şi i-am mulţumit cu căldură. Se schimbase, era mai dolofană şi mai ridată, însă plină de tonus, ca în tinereţe. Ne cumpărase o casă frumoasă cu trei odăi de dormit, un salon, o bucătarie şi o baie. Bucătăria şi baia dădeau amândouă pe o terasă în spate. Acolo Lioara pusese o masă. Chiar dacă acum era frig, mai erau momente când bătea soarele.

Pe Lioara am trecut-o pragul în braţe, ca pe o proaspătă mireasă ce era. I-a plăcut casa foarte mult. Era nici mică, nici mare, cu tavanul înalt şi cu şeminee proaspăt curăţate, care trăgeau bine. Decoraţiunile nu a durat mult să fie puse la locul lor. Le lăsasem pe fetele mele să facă asta. Şi Arlett ajuta. Se împrieteniseră repede. Lioara vedea că nu mai este niciun pericol. În timpul ăsta eu îmi căutasem ceva de lucru. Nu aveam pretenţii, putea fi orice, pentru început. Este adevărat că aveam bani destui, nu era grabă cu serviciul, dar era mai bine pentru mine. Nu puteam să cheltui prea mult din banii Lioarei. Erau şi englezii după război, dar speram că totul să decurgă mai lesne. Lioara şi Arlett se gândeau să îmi fac o afacere la care să fie şi ele acţionari. Pe Arlett nu o sărăcise războiul. Stăteam toţi adunaţi la ceai într-o după-amiază.

– Paul, hotărăşte-te! Hai! Facem ceva împreună? Mai bine decât să-ţi îngropi anii lucrând pentru alţii. Gândeşte-te la Anca! E tânără şi frumoasă, de ce nu şi bogată? Contează şi când se va căsători. Mulţi bogaţi nu sunt chiar bogaţi şi ar conta foarte mult banii, ar intra într-o familie distinsă. Acum se intră mai uşor, acceptă şi ei căsătoriile astea pentru că au sărăcit.

- Arlett are dreptate, Paul! Ai fi mai liber!

– Daţi-mi o idee! Ce am putea face? Ce capital am avea?

– Paul, dacă tu consimţi, o să mă gândesc! Trebuie să fie ceva folositor oamenilor după război. Poate o fabrică de produse de panificaţie sau poate o fabrică de cărămizi. Statul cu siguranţă va pune ceva bani la bătaie pentru reconstrucţia ţării.

– Nu sunt idei rele! Ar trebui făcute amândouă!

– Amândouă sunt prea scumpe pentru noi, poate doar una din ele.

– Da, Paul, începem încet şi ne dezvoltăm uşor, cu paşi mici.

– Atunci ce facem?

– Cred că ambele idei sunt bune, spuse Lioara. Mie mi-ar plăcea mai mult un lanţ de magazine de panificaţie. Am putea face şi o ceainărie în timp, cu biscuiţi şi brioşe făcute la noi în laborator. Toţi englezii ar fi la noi. Îi atragem cu o servire ireproşabilă, am aduce un zâmbet pe faţa lor. Războiul s-a terminat. Ar avea câteva clipe agreabile la noi, unde ar uita de probleme.

– Da, haideţi să ne hotărâm!

– Să facem cum spune Lioara! Însă trebuie să ne interesăm, să găsim utilaje, spaţiu, câţiva patiseri şi brutari buni.

– De asta o să mă interesez eu, poate chiar o să fur câţiva oameni de undeva, zise Arlett, făcând ştrengăreşte cu ochiul!

O recunoşteam pe Arlett din tinereţe, acum, chiar ne folosea la ceva.

– Deci asociaţi?

– Da! Să batem palma şi să sărbătorim cumva! Avem o sticlă de vin în servantă.

Lioara se dusese deja s-o aducă. Anca ne găsi tare entuziasmaţi.

– Parcă sunteţi nişte copii! Să fie într-un ceas bun!

– Şi tu faci parte din afacere! Tu nu pui bani, dar o să te gândeşti la un nume plăcut mâncătorilor de plăcinte şi biscuiţi!

– Ha, ha! O să mă gândesc!

Seara aceea a fost minunată, plină de însemnătate pentru noi toţi. Puneam capăt la ceva şi începeam ceva nou. După ce plecă Arlett, am rămas doar noi trei. Servitoare nu aveam, aşa hotărâsem. La urma urmei, eram doar trei şi ne pricepeam toţi la câte ceva.

– Aşa deci, domnule Voicu, îmi eşti asociat şi în afaceri acum?

- Da, doamnă Voicu!

– O să fie bine, ai să vezi.

– Contăm foarte mult pe cunoştintele Arlettei şi pe numele cu lipici pe care-l va găsi Anca.

92

– Ai să vezi cât e Arlett de bună în afaceri. Niciodată nu a pierdut nicio investiţie pe care a făcut-o. Cred că bogaţii sunt mai norocoşi. Ei nu ştiu ce înseamnă lipsa. Însă când se află în faţa ei, sunt mai neputincioşi decât alţi oameni obişnuiţi cu ea.

– Da, aşa e, însă Arlett a fost întodeauna altfel.

– Eu plec la mine în cameră. Sunt cam obosită, zise Anca.

– Bine, fata mea, somn uşor! Şi nu uita de nume! Gândeşte-te! Arlett nu va întârzia să te întrebe!

Lioara se apucase de strâns la bucătărie. Îmi plăcea casa aceasta, era atât de "a noastră"! Cred că puteam fi fericiţi! Lioara mă surprinsese zâmbind.

– De ce zâmbeşti aşa, de unul singur?

– Lioara, am eu alură de om de afaceri? De aia zâmbesc…Mi se pare imposibil!

– Nici eu nu am, dar am să-mi fac una cât de curând!

– Doar Arlett are ceva dintr-un om de afaceri şiret, zgârcit şi negociator până în pânzele albe.

– Da, trebuie să o lăsăm pe ea să poarte discuţiile alea încâlcite ale oricărui început. Normal, e şi englezoaică! E şi foarte cunoscută, parcă o s-o văd mâine şi cu oameni şi cu spaţiu şi cu contractul de asociere comercială…

– Paul, hai şi noi în pat! Parcă sunt obosită în seara asta, cred că de la hotărârea asta.

– Cred că ai dreptate! Noaptea a fost întotdeauna un sfetnic bun. Cred că şi Anca a adormit.

Am stins lumina în salon, am verificat uşa de la intrare, îmi făcusem un obicei din asta! La geamuri aveam gratii, nu era nevoie de verificat, apoi am intrat în dormitor la noi. În seara aceea ne-am lăsat pradă somnului. Trebuia să acumulăm multă energie, presimţeam că celălalt asociat ne va doborî cu a sa.

CAPITOLUL 2

În următoarele săptămâni viaţa ni s-a schimbat radical. Într-adevăr se însufleţise nebănuit de mult. Avea o grămadă de energie depozitată la rece cu care ne dobora.

Găsisem un spaţiu pe care-l transformasem în făbricuţă: un fel de depozit, dar mai mic. În spaţiul din faţă făcuserăm un magazin în care, în faţa tejghelei, puseserăm câteva mese. De costat nu a costat cât ar fi trebuit, a fost mai ieftin, proprietarii doreau să scape de el. Arlett făcuse contractul, găsise şi oameni care se pricepeau la patiserie. Oamenii erau doritori de patroni cu ceva stare, ceilalţi, care aveau câte un negoţ, păreau vlăguiţi. Şi se mai gândeau că noul va învinge.

Lioara fu de părere că ar fi bine să tipărim, cu două săptămâni înainte, nişte fluturaşi care să anunţe deschiderea, locaţia şi numele. A fost o idee aprobată de toată lumea. Hotărâsem să-i spunem la magazin Mary's Pastry, de la numele mamei mele. La început vom avea doar trei angajaţi pentru pâine, biscuiţi şi brioşe. Dacă merge, ne vom aventura şi vom mai angaja alţii. Vom avea, poate, mai multe magazine. Deja toţi visam cu ochii deschişi.

Fluturaşii au fost primiţi destul de bine, ţinând cont de clasicul stil conservator englez. Îi împărţeam în mai multe locaţii. După o săptămână, lumea se obişnuise cu noi. Îi rugam să vină la noi, dacă pot. Mulţi ne întrebau dacă facem torturi aniversare la comandă.. Copiii erau încântaţi, ne întrebau dacă vom vinde şi sucuri, limonade şi alte băuturi pentru ei.

— Da, o să vindem şi suc şi sifon! Poţi mânca la o masă la noi în magazin, poţi ieşi în special în oraş să mănânci o brioşă şi să bei un ceai cu prietenii sau cu bunica!

— Oh, ce bine ar fi, nu-i aşa, bunico?

— Da, cred că merită încercat…

— O să venim cu siguranţă, domnule…

Erau cu toţii încântaţi într-un fel, în special copiii. Mă gândeam că o să avem noroc. Toate erau pregătite pentru deschidere.

Totul era nou, de la maşinăriile din spate până la vitrine, scaune şi mese.

Lioara împodobise cu ghirlande colorate de hârtie locul unde se aflau aşezate mesele. Pregătise şi un fel de meniu, un meniu scris de mână pe un carton gros. Asta o făcuse împreună cu Anca. Scrisul Ancăi era la fiecare masă, ca de altfel şi pe cartonaşele cu preţuri. Furnizorii aduseră din timp tot ce trebuia pentru a face produsele. Erau plătiţi imediat, nu vroiam să mă încurc. Mă gândeam că dacă pierd, asta e…, dar nu sunt dator la nimeni. Cei trei oameni ai noştri erau încrezători.

– Vom reuşi, Lady Lioara, spuneau ei. O să vedeţi că nu vom face faţă la comenzi şi la oamenii care vor mânca la mesele noastre!

Hotărâsem să stea Lioara şi Anca la început la servit în faţă, eu aveam un fel de birou mic unde îmi ţineam tot felul de registre cu calcule şi furnizori. Arlett era delegata noastră în casele bune. În tot acest timp de două săptămâni convinsese multă lume să vină la noi după deschidere. Chiar să-şi facă un abonament pentru gospodărie. Noi le livram pâinea şi produsele de panificaţie dorite, în fiecare zi.

Şi iată că prima zi veni cu vreme bună şi multă speranţă. E drept că ziua începuse pentru toţi la ora trei dimineaţa. Chiar şi Arlett se sculase cu noaptea în cap, pentru prima dată în viaţa ei. Ne uitam la brutari cum muncesc şi ne gândeam că trebuie să se facă ziuă odată. Totul mirosea atât de îmbietor. Pe la patru şi jumătate începuserăm să umplem vitrinele şi coşurile de răchită pentru pâine. Coşurile erau acoperite cu prosoape mari din bumbac. Doamne, mirosea divin! Vroiam ca tot oraşul să simtă viaţa nouă din cuptoarele mele. Într-un târziu, când totul fusese ticsit, ne-am oprit cu toţii, era ora şase şi jumătate.

– Baieţi, cred că e destul acum! Să aşteptăm reacţia oamenilor. Dacă se vinde ceva mai mult de jumătate, vă duceţi şi mai faceţi ce lipseşte, dar nu în cantităţi mari. Puţin câte puţin, să fie proaspăt. Sper să vă văd iar la lucru!

– Fiţi pe pace, domnule Paul! Imediat o să intrăm la aluaturi!

– Să te audă Dumnezeu!

– Unii cred că deja caută pâine proaspătă pentru dimineaţă, zise Anca.

– Bună idee, draga mea, zise Arlett.

Primul sfert de oră. Aerul curat de afară se îmbina cu mirosul bunătăţilor noastre nemaiauzite şi nemaiîntâlnite! Apoi cineva intră mirat întâi de ora la care găsise deschis:

– E deschis?

– Poftiţi! Da, este deschis!

– Perfect! Daţi-mi două pâini albe! O! Aveţi şi produse de patiserie! Acum aţi deschis?

– Da, acum!

– Daţi-mi şi prăjiturele din astea pentru lapte şi daţi-mi şi pentru ceai. Ei, dar poţi mânca şi aici?!

– Sigur! Vă aşteptăm!

– Mulţumesc! Am să vin.

Primul nostru client plăti şi îşi luă pâinea. După ora şapte însă, totul se schimbă. Oamenii grămadă veneau să vadă şi să cumpere de la noul magazin. Brutarii nu avură mult de aşteptat şi intrară la ei în laborator. Noi nu mai făceam faţă, aveam clienţi şi la mese, dar şi la raft, pentru acasă. Prima zi fusese un succes! Telefonul meu suna pentru noi comenzi de ingrediente. Mai aveam pe deasupra şi trei comenzi de torturi pentru zile de naştere. Pe la prânz, mai conteni îngrămădeala, dar după ora trei după-amiaza, ritmul se înteţi iar. Aşa o ţinuse până la ora şase seara, când am închis şi noi.

– V-am spus eu că o să fie bine şefule!

– Da, băieţi! Luaţi pâine pentru acasă şi … pe mâine dimineaţă! Odihniţi-vă!

Pe băieţi îi plăteam la săptămână, duminica. Atunci era o zi scurtă, până la ora 12. Şi sâmbăta nu era tot programul, era doar până la trei după-amiaza. Aveam şi noi timp câteva ore.

Zilele se scurgeau monoton, iar Mary's, cum îi zicea lumea, era deja cunoscut şi animat. Aveam muncitori buni, venea lumea din toate colţurile Londrei la noi. Era primul magazin de pâine înfiinţat după război. Doamnele mele toate erau obosite, dar mulţumite. Cifrele din hârtiile mele arătau bine de tot. Arlett se ocupa de aşa-zisele abonamente, ea le făcea şi ea încasa banii. Era mulţumitor, dar obositor. Toţi eram multumiţi, băieţii plecau şi mai repede câteodată şi întotdeauna cu pâine şi prăjituri. Un om motivat e întotdeauna omul tău.

Aşa, uşor- uşor, am pus bazele, toţi trei, la un business de succes. Cifra de afaceri creştea constant, la fel ca şi noi. Deschideam noi patiserii, unde oamenii erau mulţumiţi să găsească produsele noastre. Nu renunţaserăm la fluturaşii ăia pentru reclamă. Ne-am angajat mai mulţi brutari şi patiseri, în două schimburi şi, bineînţeles, doamnele mele au fost înlocuite de la servirea directă. Arlett se mai ocupa de abonamente, iar Lioara venea în fiecare zi, învăţase să lucreze cu cifrele. Făcea calcule şi comenzi. Nu renunţaserăm nici la plata materiilor prime imediat ce le primeam, era just aşa.

Începuserăm să muncim normal, cu pauze, nu ca la început, când dormeam la patiserie. Toată lumea ne cunoştea şi prin faptul că produsele noastre erau de cea mai bună calitate, şi proaspete. Nu rămânea nimic de vândut pe a doua zi. Seara, la şase, când închideam, un angajat ieşea cu ce nu am vândut şi le dădea gratuit la cine poftea. Veneau mulţi necăjiţi … şi Londra are săracii ei, iar eu mă gândeam că în război nu era nimeni cu tava înaintea mea niciodată.

CAPITOLUL 3

Nouă, aşadar, ne mergea bine, însă nu acelaşi lucru puteam spune despre cei de acasă. Vorbeam puţin la telefon şi mai tot timpul eram ascultaţi şi se întrerupea brusc. Ne durea sufletul. Trebuia să facem ceva. Mă gândeam că, strângând bani, şi cu ajutorul lui Arlett, să-i putem aduce aici, lângă noi. Nu erau supravegheaţi, dar nici fără posibilităţi, din contră, cu mari promisiuni materiale din partea sorţii.

Ni se spusese peste tot că era destul de greu de făcut asta, mai ales că se zvonea că şi regele român va fi obligat să abdice. Mă gândeam că, dacă acum nu se va face nimic, după aceea nici cât acum nu va mai fi posibil. Aşa că eram foarte preocupaţi cu toţii. Parcă ne săturasem să vorbim cifrat la telefon. Anca făcea oarecum o excepţie. Era fericită, era foarte frumoasă şi avea 17 ani. Învăţa la o şcoală prestigioasă, ştia foarte bine engleza şi deja avea curtezani. Însă nu mai mult de atât, îi plăcea să se îmbrace foarte mult în bleu şi alb. Se vedea că nu era atinsă sufleteşte, chiar dacă trecuse un război.

Lioara a ajutat-o foarte mult. Se înţelegeau foarte bine, sunt ca mamă şi fiică, nesperat pentru mine. Aş putea spune, fără să mint, că suntem fericiţi. Avem foarte multe cunoştiinţe, poate şi datorită banilor. Multe uşi deschizi cu ei. Suntem consideraţi excentrici, că nu ne mutăm din casa pe care ne-a cumpărat-o Arlett. Nu vrem! Ne poartă noroc. Însă suntem acceptaţi şi fără vilă, uneori salonul nostru devine neîncăpător şi plin de fum. Doamnelor mele cred că le place. Atunci eu mă ascund pe undeva, unde Lioara mă găseşte, mă sărută şi-mi spune:

– Mai rabdă puţin, e spre binele Ancăi! Să vedem o partidă bună pentru ea!

– Bine, cum zici tu, doar să aerisiţi bine de tot! De altfel, de când afacerea mergea foarte bine, Lioara încerca din nou să picteze. Mie îmi plăcea tremurul ei nervos când nu îi reuşea ceva.

– Poate o să ai propria ta expoziţie într-o zi!

– Crezi? Eu cred că nu există nicio speranţă!

– Trebuie să crezi şi să munceşti mai mult! O să faci o expoziţie pe când cei de acasă vor veni aici. Ar fi o surpriză!

98

– Paul, crezi că putem să-i aducem aici?

- Da! Arlett zice că da. Putem face rost de vize temporare, iar apoi ei să depună un fel de cerere de ședere permanentă cu familia la englezi. Cred că ar fi favorabilă pentru noi, pentru că se strică treaba acolo. Un fel de azil politic, dar la rude. Apoi suntem cu firma noastră destul de cunoscuți să cerem o favoare!

– Arlett a mai vorbit cu cineva?

– Da, cred că ieri a făcut-o. În dimineața asta, la birou, m-a încurajat încă o dată! Nu știu exact, dar cu siguranță da.

– Alexandru nu știe să facă nimic decât militărie.

– Nu-ți face griji, va învăța el. E încă tânar. Eu știam să vând pâine?

– Nu, firește că nu.

– Așa că fă bine și pictează frumos și mult. Fii originală! Adu-ți aminte de plaiurile copilăriei tale și pictează. Fii naturală și o să reușești.

– Ai noștri nu au zburat niciodată cu avionul, zise Lioara zâmbind.

– La Paris o să-i aștept eu. Cealaltă jumătate de drum va fi mai scurtă și mai plăcută.

– Mă faci să visez, Paul! Îmi este frică să devin visătoare.

– Speră, doar atât! Te iubesc, Lioara! Am învățat să te iubesc!

– Și eu te iubesc, Paul! A meritat să te aștept atâta.

– Capul sus! O să fie bine! Am trecut noi de războiul ăsta imposibil, trebuie să trecem și de asta.

Și într-adevăr Arlett, a doua zi dimineață, ne informă care ar fi procedurile birocratice care trebuie urmate.

– Trebuie să faceți amândoi o cerere pentru reunirea familiei. Tu, Paul, pentru ai tăi, iar tu, Lioara, pentru ai tăi.

– Arlett, dacă ne reușește, nu o să putem să-ți mulțumim niciodată pe deplin, zise Lioara.

– Lasă că o să reușească! Fiți mai încrezători amândoi! Cu aceste cereri, reluă Arlett, o să mergem la Externe aici. Ăstia de aici fac o cerere către Ambasada României, care trimite hârtia în țară. Pe ici, pe colo, trebuie unse mai multe persoane ca să nu stăm să așteptăm prea mult și gata!

– Arlett, mie nu mi se pare simplu!

– Nici nu va fi! O să vă ajut cât pot. La urma urmei, englezii pun viza pe paşaport. Şi încă nu sunt lucrurile atât de negre la voi, bat în gri deocamdată.

– Fratele meu e militar, zise Lioara.

– Vom rezolva cumva, fiţi mai optimişti! Şi acum la muncă! Cererile sunt tip şi o săvă spun eu când mergem în audienţă să le depuneţi.

– Trebuie să facem bani!

– Apropo,…era cât pe ce să uit…, săptămâna viitoare vreau s-o iau pe Anca cu mine la operă! Fără voi!

– Dar Anca nu are o rochie adecvată, zise Lioara…

– Se va găsi! Asta nu e o problemă de care să te cramponezi! Anca trebuie să iasă în lume, dragii mei. Eu nu am copii, dar pentru mine Anca a devenit ca o obsesie. Vreau să strălucească şi să se căsătorească foarte bine. Are vârsta la care trebuie să facă primii paşi. Mi-o daţi?

– Da, dar nu mai mult de cât ţine spectacolul!

– Bineînţeles! Poţi sta liniştit, la ora 10 e acasă! Programul e de la şapte şi jumătate la nouă şi jumătate. Vreau s-o prezint cuiva!

– Bine, bine, Arlett! Fă rost de rochie prima dată şi vino cu ea. Îţi scriu un cec când ai suma, altfel nu mă învoiesc!

–S-a făcut! Am fugit acum, am câteva comisioane de făcut!

– Arlett s-a lipit atât de tare de familia noastră, Paul!

– Da, aşa este. Sper să-i reuşească cu cei de acasă. O să fie bine! Cred că Arlett tanjeşte după o fată! Vezi, Lioara, până la urmă în viaţă obţii ceea ce meriţi! Până la urmă, Anca are o mulţime de mame, două stau să vină din Romania!

– Ai dreptate!

Timpul se scurgea altfel. Aveam o viaţă lină şi foarte plăcută, exact ca prima ieşire a Ancăi cu Arlett la operă. Anca arăta răpitoare! E puţin spus! Anca era frumoasă, făcea furori. Ne făcuse şi puţină reclamă pentru că toţi întrebau:

– Cine e cu doamna Arlett Robinson?

– A, da? Fata celor cu patiseria Mary's?

– Ah! E o fată frumoasă şi foarte bogată! Singură la părinţi…

– Cred că o să-mi las cartea de vizită într-o zi la casa Robinson. Trebuie să aflu amănunte.

– Da, draga mea, însă nu cred că eşti singura! Străluceşte şi deja toată lumea are gâtul strâmb de cât se uită la loja familiei

Robinson. Văduva a triumfat iar, ca pe vremuri. Fata amantului din tinerețe.

– Cică nu e fata nevestei lui…, e a primei soții care a murit la naștere!

– Oricum sunt niște excentrici, la banii lor stau în aceeași casă cu grădinița aia minusculă în față.

– Da, dragă, dar sunt retrași. Puțină lume merge la ei. Casa aia e mică, dar e râvnită pentru vizite!

– Cică nici servitoare nu au permanentă!

– Unde s-o țină? Vine dimineața și pleacă seara. În fond, nu e o idee rea.

– Trebuie să o cunosc pe fată!

– Și eu, dragă, pentru nepotul meu, Richard.

Peste vreo două săptămâni, ceva mai târziu decât data la care ne promisese Arlett, am intrat în acea audiență, unde am depus actele. Era primul nostru pas și cam singurul. Nu puteam decât să urgentăm lucrurile. Eram la mâna altora, eram într-un fel încrezători, începusem…Poate facem revelionul 1946-1947 împreună! Ne-am întors acasă profund marcați și emoționați. Poate reușeam să mărim ritmul, cu bani, poate…Vroiam s-o facem cât de cât legal. Arlett se zbătea, parcă era familia ei. Mereu îi spuneam că e îngerul nostru păzitor. Replica ei era, invariabil, aceeași:

– Ce mai înger! Gras, bătrân și urât! Și apoi râdea din toată inima.

De altfel, toți îmbătrâniserăm, dar eram mulțumiți. Anca creștea sub privirea noastră, uitându-mă la ea, uitam războiul, uitam lipsa rudelor noastre. În octombrie ne venise acasă o scrisoare prin care ni se aducea la cunoștință faptul că cei șase pe care îi așteptam aveau răspuns pozitiv la cerea noastră. Statul britanic accepta să le ofere un fel de azil politic. Zic eu un fel, pentru că aveau rude și era mai simplu. Aveau viza pentru trei luni, dar era evident că se va prelungi prin actele de cetățenie. Aici interveneau banii noștri. Nu puțini, nu mulți, dar îi aveam. Erau, cu alte cuvinte, dispuși să-i lase să stea pentru totdeauna în Regatul Unit. Aveau și biletele de avion cumpărate, aceeași rută, București-Paris-Londra.

Mă gândeam la ai noștri. Schimbau totul. Viața lor urma să fie altfel cu 180 de grade. Dar cred că acceptaseră repede, toți șase aveau vizele și actele în regulă. Nu refuzase nimeni. Mă gândeam că se sunau să plece împreună la aeroport. Sperau ca Alexandru să nu aibă probleme la armată.

Apoi alte gânduri îmi făceam cu privire la casele lor de acolo. Oare le vânduseră? Le dăduseră în schimbul libertății? Cred că nu mai conta. Aveam bani destui acum. Puteau să ne ajute în mai multe feluri. Avionul lor era programat să aterizeze la Paris, pe la ora trei, în după-amiaza zilei de 28 octombrie 1946, așa că îmi luasem și eu un bilet către Paris pe 27. Era mai bine cu o zi înainte. Pe 29 eram înapoi în Regatul Unit.

În zilele acelea, doamnele mele erau pline de tensiunea așteptării. Lioara îmi făcea și desfăcea bagajul de o sută de ori. Îi era frică parcă, mai ales pentru fratele ei. Nu prea am putut lua legătura cu țara. Și eu eram preocupat, dar speram ca în 28 să fie cineva pe aeroport și pentru mine. Afacerile ne mergeau bine și lin, fără zdruncinături. Mai deschiseserăm un magazin, al patrulea.

Înaintea plecării, Arlett preluase cu Lioara toate actele, în așteptarea mea. Trebuiau să stea mai mult la birou, dar preferam așa. Aveau de lucru și-și ocupau mintea. Chiar și Anca intrase într-un fel de așteptare febrilă.

– Dacă voi stați la birou, și eu vin! Nu vreau să stau singură în casă!

– Ai să obosești, Anca!

– Ba o să obosesc dacă o să stau singură acasă. O să înnebunesc, o să treacă altfel timpul. Nu o să vă deranjez deloc. O să stau cu Eliza la raft.

– Las-o să meargă, Lioara! Și ea e în aceeași tensiune ca noi toți.

– Să suni din Paris de la hotel când ajungi și apoi a doua zi la fel, când vin ai noștri!

– Așa am să fac! Dar stați liniștite, nu vă îmbolnăviți de nervi.

Alexandru ținea legătura cu cei de la Amara. Vorbeau la telefon ori de câte ori se putea, mergea la lucru și aștepta. Ce aștepta, nu știa nici el. Oricum, bine nu le era! Trăiau într-o tensiune teribilă.

Pentru prima dată, îi părea rău că era militar. Asta îngreuna totul. Parcă cineva la sediu știa de demersurile celor de afară pentru el. Poate i se părea, poate nu.

Când primise acasă hârtia prin care trebuia să se prezinte pentru formalități cu Lidia și Mihai, la București, înțelesese că acum sigur comandantul său știa. Îi dăduse drumul mârâind. Alexandru era un subordonat model, până la scrisoarea asta. Și comandatul îl apreciase mai mereu, dar acum se schimbase. Alexandru își dorea să se termine, să scape.

La București se întâlniră cu socrii Lioarei. Atâtea formalități, atâtea fotografii. Obosiră cu toții. Când totul a fost gata, li se spusese să aștepte răspuns în două săptămâni. Ieșiră împreună, erau toți timorați și nervozitatea plutea pe deasupra capetelor lor.

– O să fie bine, o să vedeți! Paul a rezolvat totul, zise Alexandru. În curând o să fim toți împreună.

– O să învățam o altă limbă, la vârsta noastră, adăugă mătușa Aida.

– O învățăm, nu avea grija asta. Peste două săptămâni vom ști!

Zilele lui Alexandru la serviciu treceau goale, în așteptare.

– Bine, Martine, dezertezi? Pleci la soră-ta? Din ostaș o să devii brutar, Alexandru?

Mereu aceeași întrebare, mereu același zâmbet de superioritate.

– Știi că dacă ți se aprobă hârtiile, am ordin să te las?

– Știu, domnule commandant!

– "Tovarășe" e la modă acum! Nu ai deprins încă! Nici nu mai ai timp! Pe de o parte, îmi pare rău că pleci, pe de altă parte, mă bucur. Ai dovedit că ești slab ostaș, nu ești bun de nimic, părăsești țara, nu ai nimic patriotic în tine! Mai bine acum, frumos și legal, decât cu pușca la cap, mai târziu!

A fost o lovitură pe care a suportat-o cu tărie Alexandru. Făcuse războiul, era un bun ostaș. Comandantul se schimbase, îi era poate mai mult decât necaz pe el. Lidia acasă îl îmbărbăta și număra pe zile. Cel puțin în ziua când primiseră actele cu viză tremurau ca varga amândoi. Mihai era singurul fericit! Copilul gândește doar partea pozitivă a lucrurilor. Casa nu au putut s-o vândă, le-a luat-o statul. Erau dezertori de patrie și de neam! Când și-a semnat demisia, comandantul îl privea cu ură!

−Englezule! Fricosule! Chiaburule! Îţi e frică de regimul nostru!

Alexandru a spus doar "Bună ziua" şi apoi a ieşit. Îl durea că i se luase casa. Însă realitatea îl speria mai tare. Colegii nu-l mai salutau. Îşi strânse tot şi pleca fără să se uite înapoi. Noroc că Lidia vânduse cam tot din casă şi, cu totul, aveau ceva bani. Hotărâseră să plece cu toţii la Amara. Cei de acolo îi aşteptau să meargă împreună la aeroport, dimineaţa pe 28 octombrie.

Cei de la Amara vânduseră casa primarului, la jumătate de preţ, cu drept de a sta acolo până la plecare. E grea dezrădăcinarea, dar sănătoasă câteodată! Cel mai oribil a fost la aeroport, când au fost verificaţi. Oribil! Cu ciudă, cu umilinţă! Au stat 3 ore acolo, însă apoi au fost îmbarcaţi, blestemaţi printre dinţi:

– Hoţilor, chiaburilor, bogătaşilor! Nu vă am eu în mâna mea, că nu aţi mai scăpa!

–"Marj" de aici în avion, să nu vă mai vedem! Erau uimiţi şi toţi îşi dădeau seama că nu plecau de la bine.

– Haideţi fraţilor, haideţi către libertate! Avionul era ticsit de "bogătaşi" ca şi ei. Unii plecau în altă direcţie de la Paris. Însă familia Florea, ajungea şi ea la Londra.

– La copii! Ne aşteaptă! Pe dumneavoastră?

– Tot aşa, la copii…

– Vă mai întoarceţi?

Tata, uitându-se pe geam spusese:

– Niciodată!

CAPITOLUL 4

Niciodată! Lacrimile tatei se prelingeau pe obrazul lui bătrân.

– Nu mai am loc în ţara asta unde am împărţit dreptatea atâţia ani!

– E greu, spuse domnul Florea. Poate o să ne întâlnim acolo, să ne dăm adresele din timp. Avem aceeaşi soartă! Aţi mai zburat?

– Nu, niciodată! Şi asta e ceva nou pentru noi. Totul e nou! Sigur, Maria, te rog să dai adresa doamnei Florea. Vreau să ne mai întâlnim! Poate ne sunăm înainte. Or fi departe străzile una de alta.

– Vă aşteaptă cineva la Paris? întrebase tata…

– Nu, ne aşteaptă la aeroport în Londra! De altfel, plecăm cu acelaşi avion a doua zi, nu?

– Da, pe 29. Pe noi ne aşteaptă băiatul nostru. Plecăm apoi împreună către noua noastră casă. Dacă o să ajungem teferi! Nu-mi plac avioanele! Ce nu atinge pământul, nu-mi place!

– În câteva ore n-o să mai fim în el, nu vă faceţi probleme!

Alexandru se uita tăcut pe geam. Se îndepărtau de ţara natală. Privirea lui, surprinsă de Lidia, era mai grăitoare decât un roman întreg. Lidia ştia de felul demisiei din armată. Îi părea rău şi ei, dar trebuiau să treacă de umilinţa aceasta fără substrat. Alexandru era un erou, luptase, era în viaţă, merita ceva mai bun. Nici ei nu-i plăcea huruitul avionului ”…de s-ar sfârşi mai repede zborul ăsta, şi mâine altul, şi apoi acasă”!

Paul încercase să vorbească cu ei înainte de plecare. Încercase să-i încurajeze. Aveau casa lor chiar lângă a lor, aveau mai mult spaţiu pentru că vor sta toţi şase acolo. Avea o grădină largă şi o bucătărie dotată cu tot ce trebuie. Dar se întrerupse brusc. Iar erau ascultaţi. Familia Voicu i se părea Lidiei blândă şi credea că va putea locui cu ea. Avusese casa ei la Iaşi, dar credea că se va putea descurca şi la Londra la fel de bine. Ea nu era rea, iar ceilalţi la fel. Va fi bine! Trebuie! La un moment dat se deschisese o uşă. O femeie frumoasă, încă tânără, le zâmbise:

– Gata, nu mai suntem în Romania! Bine aţi venit la bord! Nu o să dureze mult! Un zbor plăcut vă urez! Dacă cineva doreşte să guste ceva, poate copilul…şi-şi îndreptă privirea către Mihai… să-mi spună. E pregătit tot şi merită mâncat, altfel se strică, şi la Paris vom arunca. Nu vă costa nimic! E plătit dinainte! Se făcu linişte…şi asta plătiseră copiii.

     – Domnişoară, aduceţi-ne ce credeţi de cuviinţă! Toată lumea din avion, vreo 30 de persoane, începu să mănânce. Era bun, şi acum îşi dăduseră seama că le era foame. Emoţiile trecuseră cât de cât. Ca la orice masă, fiecare se mai destinsese. Domnişoara însoţitoare de bord venea mereu şi în franceza ei maternală, îi anunţa cât mai au. La un moment dat, spusese că în 15 minute este aterizarea.

     – Centurile de siguranţă, vă rog!

     Paul ajunsese bine la Paris. Avusese chiar timp să cumpere mici nimicuri pentru Lioara şi Anca. Seara, în patul hotelului, se gândea că mâine o să meargă imediat la aeroport. Dacă vine mai repede?! Închiriase încă trei camere pentru cei aşteptaţi. Se gândea ce putea să mai facă, ce să mai aranjeze. Totul era făcut!

     Dimineaţa, a fost primul în picioare. Se gândea că pe la 12 să fie la aeroport. Mânca bine, gândindu-se că va găsi el ceva frugal cât va aştepta pe acolo.

     Ora 12 îl găsi, aşadar, la aeroport. Stătea pe o bancă izolată lângă un geam. Nu venea mai repede avionul. De-abia plecase de la Bucureşti, dar plecase. Se uită la ceilalţi oameni şi se gândea că sigur mai sunt care aşteaptă acelaşi avion. Îl trecea o oarecare emoţie, s-or fi îmbarcat, nu se răzgândiseră? La fel de repede revenea, nu avea voie să gândească aşa.

     Ora 13, amorţise. Se ridică de pe bancă şi merse să cumpere un ziar şi, poate, citindu-l, să mănânce ceva. Era o zi de octombrie destul de frumoasă în Paris. Ceaţa, care era omniprezentă în Londra, aici lipsea şi lăsa loc unui cer plin de soare, poate printre ultimele zile aşa de senine. Urma iarna, care aducea un cer gri şi zile scurte şi mohorâte. Ziarul nu-l interesa. Era străin de lucrurile ce se petreceau în Franţa. Poate frământarea lui emoţionlă îl făcea pe Paul să nu se mai gândească decât la rudele lui. Vroia să-l vadă pe taică-său zburând. O să-l vadă mâine când or să plece împreună.

Nu erau prea multe curse în ziua aceea. De fapt, totul era mai timid de când se terminase războiul. Se reașezase viața normală de zi cu zi, însă nimeni nu uitase nimic. Teama încă mai exista. Casele distruse încă nu erau toate date la o parte. Clădirile aveau încă urme de gloanțe. Florile își făceau însă loc printre dărâmături și înfloreau, iar păsările cântau neștiind de trecut. O oră mai târziu se făcea un anunț de aterizare. Dar nu era avionul așteptat. Paul tresări, dar se așeză pe bancă. Încă o oră, zise el. Oare ce făceau cei de acasă? Cum merseseră lucrurile de ieri încoace? Noroc cu Arlett, Lioara se pierduse, atât era de emoționată. Anca la fel. Pricepea acum ce înseamna schimbarea de regim.

Bine măcar că nu are întârziere, își zise Paul. O să vină normal, iar mâine plecăm spre casa noastră. Noua noastră casă. O să se adapteze cu siguranță. Pe Alexandru îl voi lua cu mine, o să uite rădăcinile care l-au legat de pământurile trecutului și pentru care a făcut războiul. La anunțul avionului, Paul tremura. Era ca un alt moment al adevărului, al vieții sale. Știa că mai dura un pic, apoi trebuiau să aștepte bagajele, dar nu era o problemă, dorea să-i vadă!

Și iată că un copil striga la el:

– Unchiule, aici, unchiule!

Paul se avântă spre glas, nu putea fi decât Mihai. Lacrimi văzuse în ochii copilului, lacrimi îi curgeau și lui. Toți erau ca un mănunchi al aceleiași mâini.

– Fiule!

– Tată! Sunteți bine? Nu vi s-a întâmplat nimic? Pe maică-sa o sărutase îndelung și o ridică în brațe.

– Oh, fiule! Din nou împreună!

Lidia nu-i mai dădea drumul la mână, iar mătușa Aida, plângea înfundat în batista. La urmă, Alexandru.

– Ție îți încredințăm viitorul nostru, Paul!

– Nu vorbi așa! Unde îți este zâmbetul de la Vatra Dornei? Lioara așteaptă de atâta vreme! Anca la fel.

Dură mult până se uscară lacrimile. Am găsit bagajele însă noi tot parcă nu vroiam să ne urnim din loc. Eram fericiți!

– Haideți, să mergem! Cu siguranța vreți să mâncați ceva, să vă spălați și să vă odihniți!

107

– Fiule, mai avem un hop mâine., alt zbor. Cât despre masă, să ştii că am mâncat în avion. Tot pe banii tăi, fiule! Am lucrat toată viaţa mea şi acum stau şi aştept de la tine. Nu mâncam, atât de amară ne era inima, însă stewardesa ne-a spus că tot voi aţi plătit!

– Să nu mai vorbeşti aşa niciodată! Mă supar! Toţi ne-am dorit să fiţi lângă noi din nou. Apoi, îţi aminteşti că voi ne-aţi ajutat să ajungem aici!

– Nu am să mai vorbesc aşa, numai că nu sunt obişnuit…

– Cum e în ţară, Alexandru?

– Rău…din ce în ce mai rău. Nu ne-au dat niciun ban pe casă. Comuniştii fac egalitate între oameni. Şefii lor huzuresc în palate, iar poporul este egal între el, dar nu cu ei. Nu mai ai voie să zici nimic şi dacă zici, te aşteaptă carcera, iar familia îţi este urgisită pe drumuri.

– Nu-ţi pare rău?

– Nu îmi mai pare! Nu eram convins sută la sută că e bine să plec din ţară, dar ultimele zile la militărie m-au acrit ca pe o lămâie.

– Lasă, Alexandru, nu-mi povesti acum…acasă. O să uiţi! Trebuie! O să mă ajuţi la fabrică!

– Da, Paul, o să învăţ cât mai bine…

Toţi aceşti şase dezrădăcinaţi se uitau la mine, un al şaptelea dezrădăcinat, care, vezi,chipurile, reuşise! La hotel am mâncat, apoi toată lumea a pornit-o, măcar pentru scurt timp, să vadă oraşul. Le-a plăcut. Chiar dacă era sfârşit de octombrie, nu era chiar frig. Ne-am întors repede. Alexandru a mai stat cu mine, în camera mea, îmi povestise de comandant.

– Poate că aşa nu-ţi mai pare rău că ai plecat, nu cred că ai pierdut ceva!

– Aşa este, doar că e greu s-o iei de la capăt…

– Şi eu am luat-o, Alexandru! De la avocat, m-am făcut brutar şi patiser. Dar e tare frumos mirosul pâinii…nu l-aş mai da pe altceva! Nu o să-ţi fie greu, o să vezi. Ai toată familia lângă tine şi nu-ţi mai stă nimeni în cale. Mihai o să aibă alt viitor, la fel ca şi Anca. Nu te mai gândi, mergi la Lidia. Cu siguranţă ea are nevoie de tine acum, şi Mihai la fel. Ce vreialtceva? Nu cred că era o altă soluţie.

Ziua următoare a fost ziua în care Parisul lăsase locul altui oraş, Londra. Oraşul care mă primise pe mine, îmi netezise calea şi mă făcuse capabil să-mi pot primi la mine familia mea. Atât aveam…şase persoane, pe lângă Lioara şi Anca. Zborul a fost unul liniştit şi, parcă, puţin mai scurt. Eram împreună şi eram fericiţi, chiar dacă umbrele mai veneau din când în când pe chipurile lor.

Am aterizat cu bine. În sfârşit…Cu lucrurile lor, ultimele rămase de dincolo, am pornit către casă. Lioara pregătise casa cealaltă, tot a noastră, în care trebuiau să stea noii veniţi. Avea cinci dormitoare. Lioara hotărâse ca familia ei să stea sus, iar bătrânii jos, să nu urce. Un dormitor rămânea aşa, ca de oaspeţi. Erau două băi, una sus şi alta jos. Salonul şi bucătăria erau jos. Cu câtă grijă pregătise totul! Îi despărţea de casa noastră doar un gard, adică nimic.

Revederea nu v-o pot descrie decât prin lacrimi de fericire. Alexandru nu-i mai dădea drumul Lioarei, iar Anca făcea faţă cu greu şi ea.

– Nu o să mai plecaţi niciodată, nici unul din voi, zise Lioara cu patimă.

– Unde să mai plecăm, Lioara dragă? Ne-au scos ăia afară din ţară ca pe nişte câini, zise tata atât de trist… Fost magistrat cu atâta vechime în a judeca oamenii, scos în înjurături din ţară!

– Lasă, tată, că o fi mai bine aici! Poate o să poţi trece peste asta. Ştiu că de uitat, nu o să uiţi, dar vei avea clipe de linişte. Gândeşte-te ce se poate întâmpla cu cei din ţară…poate că pe toţi o să-i trateze aşa…

– Ai dreptate! Nu merită niciun gând de-al meu!

– Haideţi la masă, apoi în casa voastră la somn…totul e pregătit!

CAPITOLUL 5

Nu spun că s-au adaptat din primul moment, este adevărat că a fost foarte greu şi, parcă, fiecare nu avea stare. Aveam însă voinţă. Printre altele se învăţa şi un pic de engleză. Era necesar măcar pentru o minimă conversaţie. Alexandru s-a încadrat repede în mediul englezesc. Şi mă ajuta destul de mult. Mihai, în schimb, fiul său şi nepotul meu a fost primul care începuse să vorbească engleză. Trebuia să poată merge la şcoală. Deh, copiii au mintea mai limpede şi memoria mai bună. Era bun prieten cu Anca. Se ajutau reciproc. Cred că era fericit. Îi plăceau şi brioşele foarte mult. În Romania, nu ştia ce sunt alea. Erau produse specifice altei bucătării.

A, era să uit să adaug că Alexandru o ajuta pe Arlett cu livratul produselor la cei cu abonamente. Destul de repede învăţase să conducă automobilul şi străzile pe unde aveam clienţi. Aşa că, un pic de conversaţie putând face fără probleme, începuse să livreze la clienţi pachetele. Înainte de asta aveam un fel de trăsurică cu numele nostru inscripţionat pe ea. Acum aveam un fel de camionetă care ne făcea reclamă. Alexandru era mulţumit! Era util!

Cât despre Lidia, îşi regăsise amica, pe Lioara. Se ajutau reciproc în multe privinţe. Lidia îşi dorea să caştige proprii ei bani. Dar cum? Simplu, ar zice ea.

– Vreau să tricotez tot felul de lucruri pentru copii şi să le vând. Ce credeţi?

– Nu e o idee rea, am zis eu. O să punem un afiş în toate magazinele noastre cu câteva săptămâni înainte şi o să le vinzi cu siguranţă, poate chiar în magazine. Merită să încerci! Aici e frig şi trebuie haine groase…

Fiecare încerca să facă ceva, să fie util. Mama şi tanti Aida trebăluiau prin casă şi făceau mâncare, dându-i astfel Lioarei posibilitatea să picteze. Se vedea că e mulţumită, îi reuşeau destul de bine, iar amprenta sufletului ei era clară. Dormitorul de jos, din casa cealaltă, rămas liber, a fost repede umplut de lucruri trebuincioase picturii. De fapt, între ambele case era un du-te-vino continuu. Mihai câteodată adormea la noi. Îl lăsau acolo unde aţipea. Lui îi plăcea

110

mult ce făcea Lioara. Lioarei îi trebuiau multe pânze până să aibă expoziția ei. Chiar vorbisem pentru o eventuală expoziție, mai târziu, în caz că Lioara își dorea. Odată, când Lidia a luat-o la cumpărături, am arătat tablourile omului de la galeriile de pictură.

— Nu arată rău! Dar mai trebuie, domnule Voicu! Multe tablouri!

— Credeți că are talent și șansă?

— Da! Părerea mea sinceră e că da…E un talent auto-descoperit, mai trebuie lucrat, dar nu e rău deloc. Doamna nu știe că sunt aici?

— Nu! Habar nu are! Nu trebuie să afle încă, zisei ei râzând…

— Dar, poate, pot să aduc tot așa un specialist, ce credeți?

— Da, nu e o idee rea, dar trebuie să o fac să plece de acasă! V-aș rămâne îndatorat!

— Nu trebuie să vă simțiți îndatorat! Dacă doamna ar expune la mine și ar avea succes, aș câștiga și eu!

— E adevărat și asta!

— Aștept deci un telefon de la dumneavoastră, când pot veni, zise omul cu galeriile întinzând mâna a plecare.

— Da, o să fie curând!

— Bine, atunci…O zi bună!

Nu mi-a fost greu cu Lioara. Am avut un complice foarte bun în Lidia. Lucrările Lioarei erau bune, spunea specialistul. Erau diferite de stilul englezesc. Bineînțeles că erau! Putea avea succes deplin, dacă era promovată de vreo galerie. Însă mai trebuia să lucreze, trebuiau să fie mai multe lucrări, dacă vroia o expunere individuală. Deocamdată nu avea atâtea.

Lidia se apucase și ea, spre deliciul nostru, să umple un coș mare cu lucrușoare de copii, toate lucrate manual. Mă gândeam să le expunem ca într-o vitrină cu cheie în primul magazine, cu preț și cu reclamă, ce putea să se întâmple? Doar să rămânem cu vitrina goală după ce vindeam totul.

Cred că nu a durat mai mult de o săptămână și așa a fost. Fiecare acum era mulțumit în felul său. Veneau și sărbătorile de iarnă. Primele, cu toții, în afara țării. Nu era zăpadă ca în țara noastră, dar atmosfera de sărbătoare se simțea. Și comenzile de torturi crescuseră. Toată lumea vroia să-și îngroape grijile cu prilejul Crăciunului. Hotărâsem să rămânem acasă toți, chiar și Arlett dorea să stea cu noi.

– Nu vreau să stau singură în casa mea mare! Ar fi trist! Paul, știi că ieri m-am întâlnit cu doamna Doherty?

– Nu, draga mea Arlett, de unde să știu ce faci dumneata în timpul liber?

– Paul...e vorba de Anca noastră! E și a mea puțin!

– Da, știu...Ce e cu Anca?

– În seara aceea, la operă, a remarcat-o! Doamna Doherty are un fiu destul de bine și la fizic și la pungă!

– Te pomenești că îmi pețești fata de 16 ani?! E încă mică Arlett! Am început să râd.

– Paul, nu fi răutăcios! E un prilej bun de a intra în societatea asta scorțoasă.

– Te ascult, Arlett! am zis eu, chinuindu-mă să fiu serios. Sigur mai e ceva!

– Doamna Doherty e văduvă, știi, adică nu știi...n-ai de unde... și are un singur fiu!

– Frumos și cu bani! am zis eu râzând de-a binelea.

– Paul! Ești incredibil! Deci e văduvă și are un fiu destul de chipeș și de bogat. Nu are alți copii, doar pe Richard...

– Și vrea, continuai eu....

– Paul! Uf...Uf....Vrea să îi permiți să-și lase cartea de vizită pe 27 decembrie la tine, aici!

– Aici, în umila mea casă? Să primesc vizita asta de la un bogătaș?

– Paul, familia asta știe unde stai, știe că ai două case și afaceri bune. Ei acceptă așa. Eu te întreb dacă pot veni la tine în 27?

– Când? La ceai? La masă? Anca știe?

– Știe ea ceva, am prevenit-o. Are, de altfel, și o poză a lui Richard.

– Păi, ăsta e complot!

– Nu, e o simplă vizită, o intrare, nu e o logodnă, nici măcar o promisiune. Doar dacă se plac, poate atunci să intervină o logodnă lungă.

– Ei ce preferă să mănânce? Nu mai e nici o săptămână. Mai știe cineva?

– Nu, nimeni, doar Anca. Nu cere nimeni protocol, doar să vă purtați normal.

– Trebuie să vorbesc cu Lioara...

– Zi "da"!

– Arlett…eşti la fel ca acum 20 de ani…

– Şi tu la fel! E vorba de Anca. Tu ştii că oportunităţile se răzbună…

– Vrei să spun "da"? Bine, eşti şi tu prezentă şi organizezi totul. Pe mine nu mă amesteci. Eu o să stau serios şi o să analizez.

– Urâciosule! S-a făcut!

Aşa că monotonie de sărbători nu am avut, trebuia pregătit momentul când Richard Doherty şi lady Amely Doherty vor veni la noi, pentru Anca. Hm! Ce pot face femeile! Dar două vaduve interesante….!?

CAPITOLUL 6

Aş putea numi această parte "A treia zi de Crăciun"! Eram toţi în priză. Anca stătea docilă, era bineînţeles curioasă, dar nu din cale afară. Arlett îi pregătise Ancăi o rochie bleu, în consonanţă cu ochii ei albaştri. Cred că Anca se simţea un pic cobai la un experiment de laborator.

– Anca, oricum eşti prea mică, draga mea, ia-o şi tu ca pe o vizită şi nu ca pe o corvoadă. Fă-i hatârul mătuşii Arlett! Intră în societate!

Anca începuse să râdă:

– Sunt fericită că acum suntem cu toţii, la un loc. Peste câteva luni o să împlinesc 17 ani. Nu cred că vreau să mă căsătoresc acum…

– Chiar, ce ai vrea să faci?

– Mi-ar plăcea să deschid o casă de modă! Oricum, ceva legat de haine…cred că e tare feminin.

– Şi brutăria? Cui o laşi? După ce nu vom mai fi o s-o vinzi?

– Nu, sub nicio formă! Aş merge în paralel, cu ambele afaceri. Am învăţat destule într-un timp destul de scurt. Cred că bărbatul meu ar fi îngrozit de emanciparea mea, ar fi oripilat! Englezii sunt scorţoşi şi conservatori. Ei cred că femeia e bună pentru copii şi la ora 5 la ceai, pentru socializare.

– Vai, dar modernă mai eşti, domnişoară!

– Da, tată!

– Poate domnul Richard este un "papă-lapte" care s-ar da la o parte repede din calea uraganului, fiica mea!

– E ciudat, vine cu mama, spuse Anca

– Nu e ciudat, e de râs! Dar poate aici aşa e normal. Ţi-ar plăcea un "papă-lapte"?

– Nu cred…, ar aduce-o şi pe maică-sa, iar eu sunt un om crescut liber. cu frâurile largi! Înţelegi?

– Da. Uite ce carte de vizită au lăsat!

– Da, e frumoasă, dar nu suficientă…

– Arlett, domnul Richard e "papă-lapte"?

114

– Nu, dragă! E lord! E licenţiat în drept, ca tine!

– Vezi Anca, cât ai pierde, am zis eu pufnind în râs...

– Uite cum facem, tată: îl lăsăm să vină şi ne uităm amândoi la el. După ce pleacă vorbim de plusuri şi minusuri!

– Dumnezeule! Aşa tată, aşa fiică! zise Arlett... Îl veţi face varză pe acest tânăr !

– Câţi ani are?

- Cam 26 sau 27 de ani, zise Arlett...E normal aici ca femeia să fie mai tânără. Nu mi se pare mult 10 ani diferenţă!

– Arlett, nu te supăra pe noi, am zis eu...Suntem nesuferiţi astăzi, dar în glumă!

– Iartă-ne!

– Bine, fie, vă iert dacă vă purtaţi frumos şi ireproşabil!

– Da, Arlett, ştim că eşti şi tu la mijloc...Totul va fi bine!

Când zgomotul de automobil oprit încetase, ne-am dat seama cu toţii că erau ei. Bătaia la uşă a fost scurtă, iar servitoarea a deschis imediat. Apăruseră în hol două noi personaje. Familia Doherty. Mama cred că nu trebuie băgată în seamă. Era o femeie din nobilimea engleză, trăită toată viaţa bine, hrănită şi îmbrăcată bine. Mie mi s-a părut că avea pălaria cam mare, deh, gusturi de bărbat! Când a dat-o jos, cred că a fost acceptabilă. Însă cu Richard, pe care noi, mai în glumă, mai în serios, îl blamaserăm, era altă poveste. Parcă şi vedeam privirea Arlettei spunându-mi:"Vezi, ţi-am zis eu!".

Despre Richard Doherty cred că puteam avea o părere pozitivă, fără multă analiză. L-am simpatizat din primul moment. Era destul de frumos, rafinat în gesturi, era înalt, blond, dar, spre surprinderea mea, era blond cu ochii negri. Avea nişte ochi pătrunzători, care parcă te sfredeleau când te priveau. Era îmbrăcat într-o ţinută de vizită care îl punea în valoare. Era încântător. Observasem cu uimire că aceleaşi remarci le făcea, evident tacit, şi fiica mea. Cred că manierele lui îi cuceriseră inima, la prima vedere. Mai rămânea cunoaşterea în amănunt, însă, pentru primul moment, prezentarea avuse un efect pozitiv. E drept că şi Anca era strălucitoare, Arlett o pregătise cum ştiuse ea mai bine. La gât avea un colier de la Lioara care i se potrivea de minune şi o punea în valoare.

La masă totul fusese ireproşabil, cele două servitoare, şcolite înainte, erau perfecte. Lioara scosese argintăria şi paharele de cristal. Totul strălucea, iar mâncarea era delicioasă şi mai ales stropită cu vinuri adecvate. Familia aceasta purta o conversație frumoasă, elegantă, nu existau pauze penibile în discuție. Se cunoștea că au în spate ani de vizite și discuții. Pe Anca am pus-o în fața lui Richard, câteodată mai făceau conversație separat. Era o realitate ciudată: parcă se cunoșteau de când pământul. Lady Doherty povestea de o vizită făcută pe un domeniu de-al lor…

– Domnule Voicu, ați făcut războiul, înseamnă că mânuiți bine pușca…

– Da, destul de bine!

– Pe domeniul nostru avem un loc de vânătoare încântător. Știu că e greu să mă credeți, dar poate vă veți reîncărca energia într-o vizită… Ce ziceți?

– Nu am mai vânat niciodată de plăcere…, ar fi o noutate! E departe de Londra?

– Nu, nu este, doar 100 de kilometri. Vă invităm cu plăcere la vară. Foarte rar mergem acolo iarna. Nu prea ai cu cine conversa. E prea multă liniște.

– Mie îmi place foarte mult liniștea, doamnă Doherty, interveni Anca. Câteodată o prefer zgomotului. Îmi imaginez că stau lângă un foc bun, cu o carte bună în mână, din cand în când uitându-mă pe geam.Uneori, trebuie să învățăm să ne mulțumim cu noi înșine.

– Domnișoară, ești încântătoare! spuse Lady Doherty … Poate tatăl dumitale, cu întreaga familie, acceptă mai repede de venirea verii să ne facă o vizită.

– Poate la primavară! spuse Richard.

Cât vorbise Anca, Richard a privit-o cumva uimit, cred că vreo rotiță din el se pusese în mișcare. Cred că o admira în vreun fel. Începuseră o conversație ei doi, parcă cu mai puțină timiditate. La început zâmbeau, apoi Anca ne uitase. Începuse să râdă cum nu o mai făcuse. Richard și el îi povestea tot felul de întâmplări hazlii printre zâmbete. Lioara interveni la un moment dat și întrebă:

– Ce faceți de Anul Nou?

– O să aprindem artificii! spuse Richard zâmbind…

– Artificii? Ce frumos! Vă întâlniți mai mulți prieteni și petreceti minunat, așa-i?

– Dacă îmi permiți domnișoară, pot cere tatălui tău voie…

– Oh, nu…mulţumesc! Nu am decât 17 ani şi aceştia neîmpliniţi, sunt prea mică pentru a ieşi. Mi-ar plăcea, dar cu siguranţă voi mai avea o altă ocazie. Anca se roşise a tristeţe.

– Aveţi dreptate, domnişoară… Eu am pus o întrebare care nu se cuvenea. Însă poate îmi vine mie o idee în minte, făcu apoi ştrengăreşte cu ochiul.

– Richard, îi spuse mama lui, ce pui la cale?

– Nimic compromiţător mamă, fii liniştită!

– Vă place Anglia, domnişoară Anca?

Richard pusese întrebarea parcă gândindu-se tot la ideea lui.

– Nu am ieşit niciodată dintre zidurile Londrei. În timpul războiului am stat undeva la ţară. Era frumos, uitam că e război. Mi-a fost greu să mă adaptez, însă m-am obişnuit şi cu oraşul şi cu limba engleză.

După-amiaza fusese nesperat de frumoasă cu această familie alături. Uşor-uşor, Anca şi Richard se acaparaseră reciproc. Se destinse dialogul dintre ei. Mie îmi plăcea! La toată lumea cred că plăcea familia Doherty, aceştia îşi uitaseră şi eticheta scorţoasă şi erau vizibil destinşi şi foarte comunicativi. Îi latinizasem, într-un fel. Sir Richard la plecare îi sărutase vârful degetelor lui miss Anca, uitându-se apoi drept în ochii ei. E drept că nici ea nu lăsase privirea. Anca începuse să fie femeie atunci, cochetă, îşi supunea adversarul, adică pe Sir Doherty. Plecaseră. Ne-am aşezat la loc, pentru încă o ceaşcă de ceai.

– Ce englezi diferiţi,zise Lioara…

– Da, şi sunt încântaţi de Anca, comentă Arlett…

– Ţie ţi-au plăcut, Anca?

– Da, tată! M-a făcut să râd şi să-mi dau drumul la conversaţie. M-au făcut de asemenea curioasă să le văd domeniul ăla de la ţară.

– Cred că vom avea mari surprize din partea tânărului în curând, Arlett puse ceaşca jos pe farfurioară.

– Ceva în legatură cu artificiile de revelion, să nu le aprindă cumva pe sub ferestrele Ancăi!

– Asta nu! Spusesem eu…

– Facem pariu?

– Da, Arlett! Facem! Pe ce?

– Pe un tort!

– Şi eu cred că băiatul ăsta o să ne spargă geamurile, zise Alexandru zâmbind. O să ne distrăm de Revelion, însă cel mai tare când o să năvălim cu toţii la primăvară pe domeniul lor. Toţi începuserăm să râdem voioşi şi bine dispuşi.

– Lidia, hai să mergem, Mihai cu siguranţă nu a adormit. Nu doarme decât când suntem lângă el.

– Războiul, Alexadru, l-a făcut să simtă nevoia de ocrotire…

– Aşa este.

După plecarea lui Alexandru, noi am mai rămas un pic, înainte de a ne culca. Servitoarele strânseseră totul şi plecaseră.

– Anca, îţi place tânărul acesta? întrebă Lioara, luând-o de mână…

– Da, îmi place cum vorbeşte, are o privire cam pătrunzătoare, dar are ochi frumoşi, în final.

– Ai arătat tare bine în seara asta! Cred că şi tu i-ai plăcut cu totul!

– Oare stă cu mama lui? Sau stă singur?

– Nu mi-ar plăcea să stea cu mama lui. E copil unic?

– Da, Anca, e singur ca tine. El nu are tată de ceva timp, cum tu nu ai o mamă naturală, am zis eu.

– O am pe Lioara acum!

– Da, aşa e! Vroiam doar să spun că vă potriviţi bine şi din punctul ăsta de vedere. Mi-a plăcut conversaţia liberă dintre voi. Mi-a plăcut că te făcea să râzi, aproape ziceai că vă cunoaşteţi de foarte multă vreme. S-a legat totul firesc, ca între doi camarazi.

– Tată! Crezi că ştie să facă pâine? Anca începuse să râdă.

– Draga mea, dacă în următoarele luni va conversa la fel, cu tine va învăţa sigur.

– Eu cred, adăugă Arlett, că de revelion va învaţa să pună geamuri la casă! Paul, Sună, te rog, acasă la mine să vină şoferul cu maşina să mă ia, atlfel mă culc aici la voi şi am multe de pus la cale la mine.

– Secret?

– Da, Paul! Secret!

Şoferul venise repede, cred că o aştepta pe Arlett treaz. Ne sărută pe toţi cu un "Pe mâine!" scurt şi plecă spre patul ei care o aştepta undeva în beznă, într-o casă mare, bine încălzită. Anca se duse şi ea la ea în cameră. Nu se culcă, adică nu imediat. Simţea ceva ciudat, ca o plăcere nemaîntâlnită când se gândea la Sir

Doherty. Primele semne ale iubirii dintâi apăruseră. Mereu se întrebase cum o să fie. Dacă asta e dragoste, e un sentiment minunat, ca o linişte sufletească. Dar cum s-o iubească pe ea? O fată fugită din ţara ei, ce e drept, cu ceva bani deoparte, dar fără rădăcini. Englezii aceştia ţepeni în eticheta lor! Anca se posomorâse. Cu siguranţă nu a fost decât o întâlnire placută în a treia zi de Crăciun.

Ceva în inima Ancăi palpita, spera. Iubea oare? Dar Richard ce credea despre ea? Avea cu siguranţă experienţa şi vârsta care ei îi lipseau. Oftând, începuse să se dezbrace. Se sfârşise lumea? Nu, cu siguranţă nu. Se băgă în pat şi apoi stinse veioza. Îşi dori să adoarmă, dar somnul venise greu, cu aroma buzelor tânărului pe mâna ei, pentru prima data lăsate atinse de un bărbat străin.

Familia Doherty avea o proprietate la periferia Londrei, din fericire nebombardată în timpul războiului. Erau oameni cu stare aceastăa mama şi fiu. Trăiau doar ei amândoi, alături de o turmă de servitori pe care şi-i puteau permite cu larghețe. Pe lângă această proprietate mai aveau una cam la o sută de kilometri de Londra, aceea la care făcuseră invitaţia familiei Voicu. Soţul doamnei Doherty murise acum câţiva ani lăsând-o văduvă şi doar cu Richard ca amintire de la el. Richard era un bărbat mai degrabă retras, fără a fi numit pustnic. Mergea rar la petreceri, însă îi plăcea opera. Nu fusese niciodată logodit, iar bârfitoarele nu cunoşteau nicio escapadă amoroasă, iar dacă au fost, Richard şi le-a ascuns cu discreţie.

Richard era râvnit de femei tinere, de mame pentru fiicele lor: era frumos, bogat şi cu maniere ireproşabile. Avea doar 25 de ani împliniţi, deci Arlett nu se înşelase prea mult. Până la vârsta aceasta îşi puse în ordine averea şi studiile. El credea că în orice trebuie să existe o anumită întâietate. Ca orice domn cu stare, cunoscuse femeia, dar nu o iubise niciodată prea mult. Încă era într-o aşteptare pe care mama lui o dorea scurtă. Şi el se gândea la o soţie, însă nu avusese tresăltarea aceea ciudată pe care prietenii lui căsătoriţi o simţiseră pentru domnişoarele cu care se căsătoriseră. Cât despre familia Voicu, nu ştia mare lucru, doar că îi plăceau prăjiturile făcute în laboratoarele lor. Când mama lui îl întrebase dacă ar dori să meargă la această familie, nu spusese nu. Habar nu avusese că moştenitoarea familiei era o fată. Era curios să vadă oameni diferiţi, oameni veniţi de pe continent, care făcuseră avere, însă rămăseseră modeşti. O luase ca pe un experiment care trebuia să fie plăcut, terminând astfel sărbătorile Crăciunului 1946. Nu-şi anulase nicio altă ieşire, din contră, pica bine.

Mama lui era mai nerăbdătoare. Chiar dacă se stăpânea elegant, fiul o simţea instinctiv. Mergeau să ia masa într-o familie cu tradiţii total diferite şi cam atât. De Anul Nou avea să fie ocupat, aprindea artificii în parcul domeniului lor. Chemase câţiva prieteni pentru asta. Nu credea că se va răzgândi. Mamei lui nu-i convenise, dar a ştiut să o facă să accepte.

Uimirea a fost imensă când o văzuse pe Anca. Primul lui sentiment a fost un val mare de emoţie în gât. Nu arătase nimic din sufletul lui uimit către alţii, se stăpânise admirabil. Fată frumoasă, blondă cu ochii albaştri, cu fiecare minut al conversaţiei i se părea coborâtă de undeva din altă lume. Vorbea destul de bine şi corect engleza, este adevărat că avea un accent simpatic, dar totul mergea strună în comunicarea cu ea. Chiar începuse. spre stupoarea lui, să facă glume nevinovate pe care fata le savura râzând. Începuse să se simtă foarte bine şi degajat în această casă ca o bijuterie. E adevărat că era mică, dar avea o căldură care te îmbia să mai vii. Probabil se datora proprietarilor. Lui Richard îi plăcuse naturaleţea Ancăi, felul ei de a fi şi deschiderea ei ca şi cum îl cunoştea de o sută de ani. Probabil se mai cunoscuseră în altă viaţă. Îi plăcuse, sesizase chiar şi rochia care-i stătea foarte bine, punându-i ochii în evidenţă. La întoarcere, când mama lui îl întrebă dacă i-a plăcut, el răspunsese:

– Dacă vrei să ştii: da! Ai câştigat! Mi-a plăcut tot: oamenii şi căsuţa aceea plină de bucurie.

– Şi Anca?

– Da, şi Anca foarte mult. E şi frumoasă şi inteligentă, calităţi greu de găsit împreună la aceeaşi persoană!

– Deci ţi-a plăcut?

– Da! Sunt bogaţi, dar deloc ostentativ.

– Şi?

– Şi ce?

– Ce ai de gând? O să-i mai vizitezi?

– Asta e treaba mea. Bucură-te că ai câştigat! Îmi place Anca!

– Ştii că mama ei a murit la naştere?

– Nu, nu am ştiut! De unde era să ştiu?

– Arlett mi-a spus! Tatăl său a făcut războiul, iar ea a fost crescută de bunici. Bunicii stau în vila de lângă, care e tot casa lor.

S-au chinuit să-i aducă alături pe ei și pe familia celei de-a doua soții multă vreme. Fericirea pe care ai simțit-o este fericirea unei familii regăsite!

    – Foarte interesant!

    – Așadar, fata e cu atât mai valoroasă...

    – Mama, mă înnăbuși!

    – Eu nu, dragă, îți povesteam doar!

    Richard o luă în camera lui pe Anca când urcă. Îi făcuse loc în inima lui amintindu-și de trăirile prietenilor săi. Zâmbi...
Câteodată, dacă aștepți, ești răsplătit cu mai mult! Se băgă în pat și continuă să se gândească la Anca...Anca...Ce nume deosebit! Cine știe...?

CAPITOLUL 7

Anca se trezi dimineaţa următoare cu un mic surâs în colţul gurii. Îi venise o idee năstruşnică şi totuşi, în sinea ei, nevinovată... Se gândise să trimită la reşedinţa familiei Doherty, un coş frumos ornat, plin de dulciuri de patiserie, ca din partea ei. Se gândea să o pună complice pe tanti Arlett. S-o întrebe dacă gestul era deplasat, cum ar fi putut fi interpretat. Ştia de la Richard că acestuia îi plac dulciurile de la Mary's, aşa că putea să încerce. Nu credea că se va compromite cu nimic. Da! O s-o întrebe negreşit. Când se gândea la asta, inima îi bătea mai tare, ca atunci când făcea vreo boacănă în trecutul copilăriei sale. Când Arlett auzise ce avea de gând Anca, izbucni în râs. I se părea bună ideea şi deloc primejdioasă.

— Anca, ţie îţi place Sir Richard, aşa e?

— Da, chiar îmi place! Nu ştiu să explic prea bine, dar îmi acaparează gândurile. Am mai cunoscut şi alţi tineri, dar nu mă gândeam niciodată la ei, doar poate aşa...pasager. Ştii, mi-e frică să nu fiu deplasată, să nu înţeleagă greşit. Câteodată aş vrea să renunţ, dar ceva mă face să continui.

— Anca, o să facem un coş frumos cu funde, cu un bileţel: "Thanks for your visit! Enjoy! Regards, Anca Voicu" Ce zici? Nu e nimic deplasat, după părerea mea. Şi o să-l lase Alexandru. E mai credibil aşa. Vine din partea familiei, chiar dacă semnezi tu.

— Oare ce o să zică tata? După el, ar trebui ca o fată să aştepte, nu să facă primul pas!

— Mie nu mi se pare vreun pas la mijloc! E doar un coş cu un bilet de mulţumire. Nu te vede nimeni, nici cu tânărul şi nici acasă la el!

— Crezi că e bine?

— Da, Anca, doar coşul ăsta nu e nicio promisiune. Însă e ca o încercare pentru tânărul Sir. O să vedem dacă reacţionează cumva. Dacă nu are nicio reacţie, ne luăm gândul de la el, fără mare suferinţă. Nu eşti tu în coş, la urma urmei. Cred că eu nu m-aş fi gândit la asta niciodată. Şi ca tu să nu-ţi faci procese de conştiinţă, o să-l trimitem în dimineaţa de 31 decembrie. Nici prea repede, nici prea târziu. O să avem timp să împodobim un coş cu fundiţe bleu, ca rochia ta. E sărbătoare, poţi face asta!

— Chiar aşa! Bună idee!

Acasă, toată lumea vorbea doar despre această vizită. Bunicii, care nu luaseră parte, ascultau noutăţile.

— Fata noastră a crescut, Maria.

— Da, scumpa de ea!

— Nu ar fi o partidă rea pentru Anca. O merită cu prisosinţă. E frumoasă şi deşteaptă. În curând o să termine şi studiile. Ar fi bine să se căsătorească repede şi să fie mamă.

— Anca e o fire independentă, tată! Cred că nu se va căsători în curând. Poate doar dacă bărbatul respectiv merită şi a tulburat-o într-atât încât să-şi încalce principiile.

— Tu nu ai de unde să ştii, fiule. Dragostea vine ca o străfulgerare a minţii. Ar fi prima iubire pentru Anca şi cea mai puternică. Şi nu e chiar aşa de mică precum spui. Poate avea o logodnă mai lungă dacă vrei, dar iubirea nu vine ca la dentist, cu programare.

— Ai dreptate…Să lăsăm totul să meargă de la sine! Alexandru unde e?

Lidia îi răspunse:

— Vine imediat, uite-l, acum intră pe poartă.

— Bună dimineaţa la toată lumea!

— Bună dimineaţa, Alexandru! Te aşteptam!

— S-a întâmplat ceva?

— Nu, nimic…Mă gândeam că datorită faptului că ne extindem, aş vrea să mă ajuţi mai mult la birou. Vreau să te implici mai mult decât o faci. Cred că livrările le poate face oricine. Ştii că eu şi Lioara deţinem 75% din companie, restul îi revine Arlettei. Vreau ca dar de Crăciun sau Revelion, alege, nu e important, să te motivăm mai mult!

— Nu înţeleg!

— Eu şi Lioara credem că te-ai acomodat destul şi cu oraşul şi cu afacerea. Vrem să nu te simţi cumva stingher sau în inferioritate. De aceea, eu şi sora ta, am decis că de la 1 ianuarie 1947, să-ţi cedăm 15% din procentele noastre ţie, de fapt lui Mihai, viitorul tău. Mi se pare corect aşa. Trebuie să dezvoltăm ce avem şi avem nevoie de încă cineva!

Alexandru rămăsese fără niciun cuvânt. Ca prin minune, Lidia veni lângă el şi îl îmbrăţişă cu lacrimi în ochi. Avusese dreptate, Lioara, acum se vor simţi mai bine!

– Mulţumesc, zise scurt Lidia. Mulţumim că v-aţi gândit la Mihai!

– Cu multă plăcere! Dar trebuie să te gândeşti că e multă muncă şi multă responsabilitate în acest procent!

– Îmi voi da silinţa în tot, Paul! O făceam oricum, pentru tot ce aţi făcut pentru noi, însă acum am un motiv nou: fiul meu!

– Actele sunt pregătite. Acum vom fi uniţi şi la afacere! Hai şi semnează şi ia un exemplar. Noi deja am semnat!

– Mulţumim! Chiar nu mă aşteptam! E un gest nobil să dai cuiva ceva plin de succes, muncit de la zero, cu mii de riscuri. O să avem un alt avânt acum. Vom strânge şi mai mult familia. Alexandru citise actul şi semnă. Apoi dăduse hârtia Lidiei. Păstreaz-o bine, e averea fiului nostru.

– Prea multă melancolie, spuse tata…Fiţi mai veseli!

– Arlett ştie? mă întrebă Alexandru…

– Normal că ştie! Pe ea nu o deranjează, apoi, în testamentul ei, că şi l-a făcut deja, meticuloasă fiind, Mihai mai primeşte 10 procente, iar Anca, 15 procente! Aşa că lucrezi pentru 25 de procente, Alexandru! A vrut ca patiseria să fie a familiei. E adevărat că şi ea face parte din ea, dar nu şi nepoţii ei, care o moştenesc în rest.

– Ce zi frumoasă şi neaşteptată!

– Noi ne-am înţeles întotdeauna, îţi aduci aminte de Vatra Dornei?

– Ca şi când ar fi fost ieri, zise Alexandru.

– Anca şi Mihai unde sunt?

– Sunt la Arlett. Anca a dorit s-o întrebe ceva, iar Mihai s-a dus să se joace cu papagalul.

– Trebuie să fi fost ceva tare important dacă aşa de dimineaţă s-a dus la Arlett, zise Alexandru.

– Habar nu am, dar trebuie să apară.

– Da, uite maşina.

Cei doi tineri intrară ca două val-vârtejuri, aveau nasurile reci şi roşii de frig.

– Aţi plecat atât de repede, copii, zise tanti Aida.

– Da, am avut o treabă s-o întreb, ce nu suferă amânare.

– Treabă secretă? întrebă tata.

– Da, nu pot să spun!

– Tată, zise Mihai, vreau şi eu un papagal roşu cu albastru. Vreau să-l învăţ să vorbească. Îmi cumperi unul?

– Da, de ziua ta…, cu condiţia să ai grijă de el!

– E cam târziu până în iunie, dar voi aştepta, mi-ai promis!

Eu, Paul Voicu, mă gândeam, având toată familia lângă mine, cât de frumoase sunt sărbătorile împreună, când parcă şi grijile sunt mai uşoare şi ce mulţumire mi s-a dat să am!Între Arlett şi Anca începuse o complicitate, puneau ele ceva la cale, dar eu nu ştiam. Aveam să aflu mult mai târziu. Când era cineva lângă ele se opreau brusc din vorbă, mai râzând, mai zâmbind. Mă gândeam că ce făceau era inofensiv. În fond, aşa şi era…

Coşul, pe care cele două îl decorau, era unul destul de încăpător. Îl împodobiseră cu panglici bleu şi puseseră în el o bucată de material, tot bleu, ca toate bunătăţile să nu sufere vreo atingere sau frig. Acest coş trona la Arlett acasă şi-şi aştepta dulciurile. Pe cartonaş scria că Anca mulţumeşte pentru vizită şi că speră să le placă aceste dulciuri. Cartonaşul era personalizat, aveam mai multe din acestea. În ziua cuvenită, adică 31 decembrie, Arlett cu coşul frumos în mână, ajunsese înaintea tuturor la brutărie. Cu o seară înainte dăduse comanda la brutarul care trebuia să lucreze atunci. Spera ca totul să fie gata. Intră ca de obicei ca o furtună. Brutarul cu pricina, Will, o aştepta deja.

– Bună, Will!

– Bună dimineaţa, doamnă Robinson!

– Ai reuşit să te ocupi de comanda mea specială?

– Da, doamnă! E chiar aici totul…

– Will, toate trebuie să încapă în acest cos! Trebuie aranjate exemplar!

– Da, doamnă, mă ocup acum!

– Will, sunt multe comenzi de livrat?

– Da! Ca să facem faţă la livrări, şoferul va începe să le ducă la clienţi în jumătate de oră. Altfel nu ne încadrăm. Doriţi ca şi comanda aceasta să fie dusă acum, dimineaţa?

– Da, Will, ai ghicit! E foarte important şi încă ceva, Arlett slăbi glasul, să nu afle nimeni! Şi tu şi şoferul, veţi fi răsplătiţi. Unde e şoferul?

– Cred că aşteaptă în maşină…

125

– Cheamă-l!

După ce Will plecă, Arlett băgă cartonașul Ancăi înăuntru, acoperi cu pânză totul și scrise adresa "Personal, domnului Richard Doherty", apoi subliniase. Trebuia să fie acasă la prima oră. Pleacă azi, dar nu de dimineață.

Șoferul intră, adus de Will. Era un tip care inspira încredere. Arlett, fără prea mult protocol, intră în subiect:

– Vreau ca prima ta livrare pe care o faci să fie la adresa aceasta. Dacă totul va fi în ordine, veți primi amândoi un cadou nesperat pe lângă prima pe care v-a dat-o patronul vostru, de la mine! Încarcă imediat toate livrările și apoi vii aici, te aștept.

Nu așteptau prea mult. Erau bine plătiți, dar niciodată nu strică ceva în plus. Coșurile fuseseră toate duse în mașină.

– Și mai presus de toate, e secretă această livrare! Nimeni nu trebuie să știe!

– Da, doamnă! Vin imediat ce termin!

Arlett, liniștită, se duse în biroul lui Paul. Parcă avea și ea emoții. Făcuse ea totul ca Anca să nu dea de bănuit acasă. Peste puțin timp apărură Paul și Alexandru. O salutară cordial.

– Nu e prea devreme pentru tine?

– Nu, dragă, nu este. Sunt destule comenzi de livrat, o să mă ocup de ele. Deja prima mașina a plecat, cred că o să mai avem cel puțin două și apoi acasă. Bine că mâine e liber! Ne putem trage sufletul!

– Da, începem în 2 ianuarie. Uite că a mai trecut un an…

– Da, totul trece, dar e mai bine! Timpul aduce întotdeauna noutăți!

– Dar îmbătrânim, Arlett!

– E adevărat, dar nu-mi pasă! Sufletul meu a rămas la fel de tânăr! Altceva nu contează!

– Ce faci deseară, Arlett?

– O să stau acasă. În fiecare an, ultima noapte îmi place să stau singură. E o manie ciudată poate, dar așa îmi place. Stau acasă la mine și mă gândesc la ce am facut și ce voi face. Anul ăsta mă gândesc că v-am ajutat pe voi. Veștile din Romania nu sunt grozave, comuniștii îl vor da pe rege jos mai devreme sau mai târziu.

– Da, am auzit și noi asta. Am plecat la timp!

– Voi ce faceți pe aici, de ce nu stați cu familia? Până la prânz stau eu. Anca ce face?

– E ciudat să nu venim în fiecare zi. Anca e cam ciudată azi, a uitat să pună zahăr în cafea. E tare distrată, probabil se gândeşte la ceva ce o preocupă.

– Sau la cineva, zâmbi Arlett.

– Ce puneţi voi la cale?

– Nimic! Ce-ţi veni?

– Crezi că se gândeşte la tânărul acela?

– Are tot dreptul în fond, Paul! E frumos, destept şi cu bani! S-au întreţinut foarte bine la masa de Crăciun.

– Cred că o să încep să cred şi eu că are dreptul ăsta. Nu o să mă împotrivesc, nu am acest drept!

– Foarte bine, e înţelept aşa, spuse Arlett...

Şoferul făcuse întocmai cum spusese Arlett. Se dusese prima dată aproape de ieşirea din Londra, la familia Doherty. A fost chiar încăpăţânat din cale-afară şi refuzase să-i dea coşul servitoarei.

– Pe tine te cheamă Richard Doherty şi eşti deghizat în femeie?

– Vezi bine că nu, zise fata, Sir Richard e stăpânul meu. Dă-mi coşul, i-l dau eu!

– Nici gând! Cheamă-l, te rog frumos! Zgomotele ajunseseră deja până sus, unde o fereastră se deschisese.

– Ce se întâmplă acolo, e iar război?

– Mă scuzaţi, Sir Richard, dar domnul are o livrare către dumneavoastră şi nu vrea să mi-o dea!

– A, da? O să cobor acum! Richard coborî şi vru să întindă mâna după coş.

– Nu, nu! Întâi semnaţi aici vă rog, de primire!

– Întotdeauna eu semnez de primire! se îmbufnă servitoarea...

– Lasă Anne, acum mă ocup eu! Richard luă ceva de scris şi văzu că semnează pentru patiseria Mary's. Începu a zâmbi. Deci personal! Ce-o fi?

– Eşti mulţumit?

– Da, domnule! Poftim coşul, acum pot să-mi încasez liniştit bacşisul!

– A, da? Ai un bănuţ în plus pentru livrarea asta? zise Richard, citind cartea de vizită de la Anca. Aşteaptă! O să primeşti ceva şi de la mine!

– Nu, vă rog, domnule! Şoferul era deja în maşină şi pleca în trombă. Îi era un pic teamă de Arlett. De partea cealaltă, Richard era uimit şi încântat.

– Anca, domnişoara asta frumoasă! Luă biletul apoi cu el şi coşul îl duse direct în locul de servit masa. Mama lui era acolo.

– Ce ai acolo?

– Un semn de mulţumire de la Anca Voicu, e plin cu prăjituri şi plăcinte!

– Domnişoara la care am fost în vizită?

– Da!

– E şi vreun bilet?

– Da, dar asta nu e la vedere. E aici! Richard îl pusese la buzunarul de la piept.

– Ce gest frumos din partea ei! Dar tu, Richard, ce simţi?

– Simt că o să încep să-i accord mai mult loc în mintea mea acestei domnişoare cu accent! Nesperat, dar de când am fost acolo, m-am gândit mult la ea.

– E şi bogată!

– Cred că sunt eu bogat pentru amândoi! Nu asta contează.

– Ce ai să faci? Trebuie să întorci gestul dacă îţi place fata!

– Da, mamă, mă gândesc deja la asta. E cam târziu, totul cred că azi se închide mai repede.

– Richard! Am o idee! Hai să tăiem trandafiri din sera noastră încalzită!

– Trandafirii tăi? Mă uimeşti! Nu ai face asta pentru nimeni!

– Doar pentru tine, copilul meu! Tăiem trandafiri şi le găsim o panglică cu care îi legăm şi îi duci personal!

– Personal?

– Cred că e bine mai spre seară. Iei şoferul şi te duci. Laşi florile, îi săruţi mâinile şi fugi la fel de repede! Să pară ca un vis! Nu stai deloc. Las-o să se gândească la tine, să viseze la tine!

– Ştii că mă gândesc că aş putea sta cu ea decât să aprind artificii. Mi se pare banal acum!

– Richard, ia-o încet! Mergi cu paşi mici şi siguri. Am înţeles că în mai face 17 ani.

– Iar eu la anul fac 26…

– E numai bună diferenţa, nu-ţi fă probleme!

– Ştii mamă, niciodată nu am mai simţit aşa ceva. Sunt nerăbdător s-o revăd. Acum parcă mi-e teamă să nu mă respingă!

– Asta, cu siguranţă, nu! A trimis ea coşul şi cu alt scop!
Mingea e în teren la tine acum! Eu zic să mâncăm din coşul ei acum.
Mergem şi tăiem trandafirii şi apoi te duci după prânz. O să caut eu o
fundiţă frumoasă să-i legi.

– Câţi trandafiri?

– Toţi! Trebuie să impresionezi şi să fugi, în acelaşi timp!

– Încep să tremur ca un prost acum! Nu e normală starea asta
la mine.

– Nu ca un prost, ci doar ca un îndrăgostit la început!

– Şi după asta?

– După asta încerci s-o mai întâlneşti, poate o suni, vă mai
întâlniţi la operă. Doar la operă am văzut-o cu Arlett. Poate o mai
aduce. Te duci la ea în lojă, vă mai întâlniţi în parc. Acum nu mai e
ca pe vremuri. Nu o compromiţi cu nimic. Războiul a dat aceste
bariere la o parte.

Peste câteva ore, Richard, în maşină, cu buchetul de trandafiri
galbeni în mână, se gândea emoţionat şi spera ca ea să fie acasă.
Apoi raţionă şi iar îşi spunea, normal că e acasă! La trandafiri pusese
şi o carte de vizită pe care scrisese: "La mulţi ani, domnişoară, sper
ca anul viitor să ne vedem din nou şi în alte circumstanţe! Richard
Doherty"....

Ajunsese. Trase aer în piept şi ieşi ca un condamnat al
fericirii. Sunase. Spera să fie Anca şi nimeni altcineva. A fost însă
servitoarea, care-l recunoscuse şi îl poftise înăuntru.

– Nu, mulţumesc! Puteţi s-o chemaţi pe domnişoara Anca?

– Da, sigur! Aici?

– Da, mulţumesc!

Anca ieşi şi a fost imediat lângă el.

– Bună ziua! Mulţumesc pentru dulciuri! Am venit să vă
urez: "La mulţi ani fericiţi!" şi să vă dau cu drag, din toată inima,
acest buchet de trandafiri. I-am cules cu mâinile mele special pentru
dumneavoastră! Să nu vă înţepaţi!

– Mulţumesc! zise Anca, cu lacrimi foarte grăitoare în ochii
ei frumoşi. Nu intraţi?

– Nu, mulţumesc! Nu sunt invitat. Îmi permiteţi?
Richard îi luase mâna micuţă şi şi-a dus-o repede la buze.

– An nou fericit! Nu am mai simţit ce simt acum pentru
nimeni!

– Trebuie să plec acum! Sper ca la anul ce vine să ne vedem mai des! Aş putea să vă sun?

– Da, sigur!

Anca rămăsese uimită, Richard deja coborâse scările către maşină. Stătea cu braţul plin de trandafiri şi zâmbea făcând semne cu mâna iubirii. Iar iubirea, înainte de a urca în maşină, îşi duse o mână la buze într-un sărut nerostit. Anca îşi pusese o mână la gură parcă să-l prindă. Iubirea se urcase în automobil şi deja plecase, lăsând în urmă o Anca uimită, care se întreba dacă nu visase.

– Nu, nu visez, zise, strângând la piept trandafirii care o înţepau.

Intră în casă plângând în hohote. Se aşeză cu florile ei, cu lacrimile ei pe canapea. Toată lumea o privea fericită..."Anca îndrăgostită! Iar iubirea ei e împărtăşită! Ce poate fi mai frumos?" Iar eu, Paul cel stângaci, am luat-o în braţe.

– Fata tatii, mă bucur pentru tine! A fost Richard, aşa-i?
Anca a dat din cap afirmativ.

– Sunt fericită, tată!

– Atunci cu toţii suntem!

– Nu mă aşteptam să răspundă atât de frumos la coşul meu!

– Coşul tău?

– Da, tată! Eu cu Arlett am trimis un coş la reşedinţa Doherty. Îi mulţumeam de vizită!

– Aha! Deci asta era! Arlett, Arlett...

– Uite Anca, ai şi un bilet! Tânărul acesta s-a îndrăgostit de tine, Anca! Vrea să te vadă şi în alte circumstanţe!

– Trandafirii sunt de la el din seră! El i-a cules! M-a întrebat dacă mă mai poate suna. I-am zis că da.

– Deci i-ai trimis un coş cu plăcinte? Eşti tare inteligentă! L-ai făcut să-şi arate sentimentele. Evident că şi tu te-ai deschis ca o carte! Ce părere aveţi cu toţii?

– Ingenioasă treabă, zise Lidia. Să fie cu noroc! Cu adevărat un an nou şi diferit urmează: Anca iubeşte, hainele mele se vând toate, Lioara pictează, Mihai e acţionar şi el!Să vină 1947! Lăsaţi-l să intre, aduce fericire şi bucurie!

Şi a venit! La Londra, la ora 12, luminile în case se stinseră, cei care îşi permiteau, aprindeau artificii. Nu era chiar frig. Puteai chiar să spui că era plăcut. Toată lumea avea speranţe mari pentru sine şi familiile lor. Şi eu aveam, speram să mă lărgesc cu afacerile, îmi doream sănătate, iar cei bătrâni să o mai ducă ani mulți înainte!

CAPITOLUL 8

Lioara Voicu era o femeie matură, dar peste care anii nu lăsaseră urme atât de adânci. Trecuse cu puţin peste 40 de ani, însă frumuseţea ei încă se mai vedea. Fericirea pe care o aştepta la 20 de ani, la ea a venit la 40, dar venise şi se considera o femeie împlinită. Cu mintea de acum, credea că la 20 de ani nici nu ştii să iubeşti. Îi mulţumea întotdeauna lui Dumnezeu că i se oferise o a doua şansă cu Paul. Un lucru avea pe suflet: era prea bătrână să mai facă un copil: copilul lor! Se consola cu Anca, fetiţa pe care tot Dumnezeu i-o dăruise şi cu care s-a înţeles din prima clipă. Ştia că Anca are o dulce pioşenie către cea pe care nu o cunoscuse şi care îi dăduse viaţă. Respectând aceste sentimente, şi-o apropiase pe Anca, fetiţa lui Paul.

Era fericită, cum nu mai sperase niciodată. Când îl auzise la Iaşi pe Paul, după război, fără să-l vadă, întoarsă fiind, tresărise ca scuturată de fulgere şi trăznete. Era ireal şi primul lor sărut şi îmbrăţişarea aceea plină de promisiuni viitoare. Îl urmase fără să se gândească, apoi plecaseră în Anglia. Atâtea noutăţi pentru care era recunoscătoare acestui om. Mereu se întreba, când rămânea singură în camera de pictură, ce ar fi fost viaţa ei fără Paul? Poate că trecea fără să se mai întâmple nimic. Andrei murise în război. Andrei… El a fost cel care l-a trimis la mine pe Paul! Şi-a călcat tot orgoliul şi mi-a dat drumul în braţele celui pe care-l iubeam încă. Şi lui îi datoram o parte din ce eram acum. Dar dacă Paul nu ar fi venit? Dacă ar fi trimis lucrurile lui Andrei prin poştă? Ce s-ar fi întâmplat? Ne-am fi întâlnit? Aş fi luptat pentru el?

Lioara se gândea că, până la urmă, viaţa i-a surâs. Acum erau toţi laolaltă chiar dacă într-o altă ţară. Când eşti cu cine îţi place, nu cred că mai contează altceva. Pe Anca o considera fata ei. Cred că şi fata se ataşase de ea. În ultima vreme, pentru că avea timp mai mult, zăbovea mult printre picturile ei. Lucra pe zi cam patru ceasuri, nu mai mult. Picta din plăcere, simplu, uşor, fără prea multe bătăi de cap. Când picta, se simţea parcă un pic mai aproape de casă. Nu lucra niciodată după vreo idee dată, doar din suflet. Picta câmpii, animale, peisaje. Toate văzute de ea în Moldova ei dragă şi aşezate cu grijă în inima ei spre păstrare. Încă de la pension, profesoarele îi spuseseră că are talent, însă lucra haotic pe atunci.

Acum credea că e un pic mai ordonată. Fără să ştie nimeni, făcuse portretul perechii Voicu, părinţii lui Paul. Din memorie, îi aşezase pe amândoi pe aceeaşi pânză. Dorea să le facă o surpriză. Pusese tabloul un pic dosit, să nu fie în calea primului care ar deschide uşacamerei.

Paul îi luase în serios deprinderile şi o încuraja cât putea. Chiar îi spusese că va face totul să aranjeze o expoziţie.

– O expoziţie? Cred că glumeşti!

– Lioara, draga mea, ştii că eu nu glumesc! Chiar am şi un complice în acest sens!

– Un complice? Pe cine?

– Pe Lidia! De multe ori te-a scos în oraş, iar eu am acţionat! În lipsa ta, am adus un proprietar de galerie de artă care a fost mulţumit de ce a văzut. Ştii că englezii sunt serioşi şi nu măgulesc pe nimeni. Domnul ăsta mi-a recomandat un critic, prieten cu el. Iar domnul ăsta din urmă a spus că tablourile tale sunt diferite de ce primesc englezii ca artă aici. A spus să continui ca să poţi să umpli galeria şi să expui singură! Ai putea s-o faci şi împreună cu cineva, însă e mai bine să te afirmi singură. Chiar şi-a afirmat intenţia de a-ţi prezenta el oficial lucrările la lansare! Crede-mă Lioara, ne-am interesat! E un tip cunoscut în lumea artelor, e şi profesor.

– Paul, tu reuşeşti întotdeauna să mă uimeşti! Tu niciodată nu mă laşi să devin mediocră. Întotdeauna trezeşti ambiţia în mine. Vrei să fiu din ce în ce mai bună, să mă depăşesc. Nu-mi vine să cred că mi-a văzut cineva lucrările. Şi au fost criticate pozitiv. Mă faci să sper că o să devin celebră.

– Dacă îţi doreşti, vei reuşi!

– Ştiu asta de când te-am cunoscut. Dăruieşti putere şi o parte din energia ta, tuturor celor pe care-i iubeşti. Cred că te-am intuit din prima clipă, atunci la Paris, însă eram un copil care fugea de căsătorie. Îţi mulţumesc că exişti, că te-ai întors la mine, că ai venit tu atunci şi nu ai pus la poştă lucrurile lui Andrei!

– Te gândeşti că nu aş fi venit?

– Da!

– Să ştii că am stat în cumpănă. După război eram stors de orice sentimente umane. Iubirea? Nu o mai ştiam. Nu mai făcusem o baie de mult timp, eram pe punctul de a reînvăţa să folosesc o cadă şi un săpun. Până la urmă am venit, dar nu eram prea sigur de ce. Nici nu ştiam unde stai, cu cine. Noroc am avut că am dat de tine de prima dată. În război intri aşa, într-o roată a nebuniei, în care nu mai eşti tu. Nu a mai existat nicio femeie după mama Ancăi, sufeream că am lăsat-o mică pe fetiţa mea. Nu-mi pare rău că am venit atunci. Am avut doar de câştigat. M-ai readus la viaţă. Acum sunt fericit. Încerc să câştig acum ce am pierdut şi să trăiesc intens cât alţii într-o perioadă dublă de timp! Vreau, îmi doresc mult să deschizi o expoziţie, să te pui în valoare! Să spun: "Ea e nevasta mea! Şi sunt tare fericit!" Mă crezi?

    – Din toată inima! Paul, vrei să-ţi arăt ceva?

    Lioara mersese după un dulap şi scoase o pânză ceva mai mare. Cu siguranţă asta n-ai arătat-o la niciun critic de artă! Ajută-mă să o desfac, nu ştie nimeni de ea. Dacă o să facem o expoziţie, acest tablou va fi pus undeva într-un loc principal.Din mâinile ei se desfăcu o pânză care scoase la iveală chipurile părinţilor lui Paul!

    – Dar sunt părinţii mei, Lioara!

    – Da, ei sunt. Să ştii că nu mi-au pozat. I-am pictat din minte, întotdeauna mi-au plăcut. Acest tablou vreau să fie centrul prezentării!

    – Dar ce bine seamănă cu realitatea! Ce tablou frumos! Parcă e sufletul lor pe pânză. Mai au un pic şi se mişcă, parcă ies din tablou. E minunat!

    – Eşti primul pe care l-am lăsat să-l vadă!

    – Doamnă Voicu, mă simt onorat! Am luat-o apoi în braţe...Permiteţi-mi să vă sărut mâna! Sunt uimit!

    – Întotdeauna te voi iubi, Paul! Sunt atât de fericită!

    – Doamna mea să poftească acasă. Luăm masa în familie, ca de obicei! Trebuie să pictezi şi, când e gata, facem expoziţia! Îmi închipui chipurile bătrânilor Voicu când se vor vedea personaje principale pe pânză! O să te aprecieze mai mult!

    – Parcă mi s-a făcut foame, Paul! Vorbeşti cam mult!

    – Deodată? Parcă nu te-am auzit plângându-te de foame! Tablourile tale ţin de foame?

    – Ştrengarule!

    – Hai să mergem!

    Zilele Lioarei treceau una după alta fără pic de gri, poate doar cel al Londrei, însă acesta era exterior, pe cer. Lucra cu intensitate. Îi

plăcea realmente ceea ce făcea. Nu o constrângea nimeni şi nimic.
Ajunsese, insistând pe lângă Paul, să-i cunoască pe acel critic de artă
şi pe patronul acelei galerii. Aceştia o încurajau. Nu ştia bine de ce!
Pentru că avea bani? Pentru că avea talent? Mai rămăsese în ea o
doză de neîncredere. Ce anume o să spună lumea? Poate fi şi pentru
că niciodată nu ieşise în evidenţă cu ceva. De-abia acum îi fusese
hărăzit să aibă prilejul unei consacrări. Însă ştia un lucru foarte
important, nu dorea să dea înapoi! Trebuia să-şi învingă emoţiile şi
să privească şi să meargă înainte. Mai împinsă de la spate, mai de la
ea, reuşise să se gândească şi să accepte că în curând va expune. În
plan central, îşi imagina tabloul cu părinţii lui Paul, simţea ea că asta
va face impresie. Când te gândeşti că părinţii lui Paul habar nu au de
tablou! Ce-or să zică oare?

Lucrul în cămăruţa ei se intensifică. Toată lumea ştia că
lucrează şi o respectau în tot. Cât timp era plecat Paul la birou, ea îşi
petrecea timpul în casa cealaltă. Era destul, niciodată nu stătea mai
mult pentru că Paul era foarte important pentru ea. Se împărţea cu
dragă inimă. De altfel, picta uşor, fără să stea mult pe gânduri asupra
vreunei idei. Era o adevărată pictoriţă, cum spunea mereu Paul. Îi
mai trebuiau cam zece lucrări pentru a putea face expoziţia. Trebuia
încheiat contractul cu galeria şi erau multe alte lucruri de făcut. Paul
se gândea la un afiş de pus pe magazinele Mary's şi la nişte fluturaşi,
ca la începutul afacerii lor.

Lioara nu vroia să se grăbească. Trebuia făcut totul încet şi
temeinic. Hotărâseră să aştepte cam mijlocul lui aprilie, când ziua
era mai lungă şi frigul plecat deja. Până atunci avea timp să facă
cunoscut evenimentul şi puteau să se gândească la amplasarea
tablourilor în galerie. Mai era, deci, timp. Pictoriţa noastră dorea să-
şi expună pânzele pe teme: aici, portrete, aici, peisaje, aici, natură
moartă. Vroia ca totul să fie perfect, să existe un fel de locuri unde
lumea să poată bea câte ceva, apoi, pe ici-colo, să fie vaze de flori.
Era frumoasă ideea. Se gândea că, poate, o să placă lucrările cuiva şi,
poate, o să şi vândă. Era prea frumos să aibă veniturile ei personale.
Ar ajuta-o pe Anca să-şi pună în practică ideile cu privire la un
atelier de modă pentru femei. Asta nu i-ar displace nici ei. O iubea
pe Anca, o considera fiica ei. Îi plăcea pentru că era o fată puternică,
trecută prin multe de micuţă. Firea ei filantropică se gândea şi la
Lidia. Poate îşi făcea un magazinaş al ei, cu haine pentru bebeluşi şi

copii. Vindea în magazinele lor, dar totuşi nu era un mod adecvat de a te face cunoscut.

Pe la începutul lui aprilie, galeria se goli de lucrările artistului de dinaintea ei. Avusese timp să treacă pe acolo în una din zilele cu soare. Patronul a fost de acord cu modul ei de prezentare a lucrărilor. Lioara nu era, în fond, deloc extravagantă şi, oricum, plătea închirierea spaţiului. E adevărat că picta bine şi asta îi trebuia şi lui. Trăia din prestigiu. Nu putea să închirieze la oricine. Se gândea că Lioara îşi va face debutul la el şi va avea succes. Trebuia! Era spre binele lui.

Hotărâse să facă inaugurarea cam pe 15 aprilie . Afişele erau deja tipărite şi lipite pe geamurile magazinelor lor, dar şi ale unor patroni binevoitori. Şi la galeria de artă erau împânzite pe geamuri afişele cu viitoarea şi imediata expoziţie. Intrarea era liberă toată luna.

Aşa hotărâseră cei din familia Voicu, doreau ca toată lumea să se bucure, fără a scoate oftând din buzunar bani. Era ca o sărbătoare a simţurilor artistice, fără niciun stres. Patronul nu suferise din pricina aceasta, o sumă fusese plătită şi pentru biletele pe care nu le-a tăiat. Lioara se gândea că poate veneau şi şcolari cu profesori, aşa că afişele erau şi la şcoli.

Aştepta cu nerăbdare să fie cunoscută, însă totodată dorea parcă să se termine mai repede. Nu se gândea ca la un început, ci ca la o încununare a eforturilor şi atât. Toată lumea o încuraja în mii de feluri. Ştia, în sufletul ei,că va fi un success, în primul rând, datorită faptului că avea familia lângă ea. Tot ce era bun în viaţa ei se întâmpla de când Paul era al ei. Nu o mai durea nimic, obţinuse tot ce-şi dorea, mai târziu, nesperat, dar avea totul, adică pe Paul.

Tabloul bătrânilor Voicu era pus central şi luminat deosebit. Chipurile lor blajine te priveau de oriunde. Părinţii lui Paul nu aveau habar că au fost pictaţi şi expuşi. Dorise să fie ca o surpriză, ca o mulţumire exprimată fără cuvinte. În seara dinaintea expoziţiei, Lioara inspecta încă o dată totul. Nu mai era nimic de făcut decât să aştepte a doua zi. Spera să vină multă lume şi la inaugurare, dar şi în zilele următoare. Era tare emoţionată! Paul pe cât posibil, o liniştea, dar nu pe deplin. Erau lucrurile pe care le făcuse singură, fără ajutorul cuiva. Parcă era la un examen. Ca pe vremuri, când nu-l cunoştea pe Paul. Îşi alesese o rochie frumoasă, grena, simplă, cu o floare în partea stângă din dantelă, din aceeași culoare. Pantofii îi purta cu toc înalt și. de data asta. îi alesese negri.

Ajunseseră cu o jumătate de oră înaintea deschiderii pe care o puseseră pentru ora zece și jumătate. Inspectase la repezeală totul , inclusiv albeața cămășilor celor ce serveau. Mare lefusese uimirea părinților lui Paul când au văzut tabloul!

     – Paul, fiule, aceia de acolo suntem noi? Seamănă tare bine!

     – Cum să nu semene dacă voi sunteți!

Paul începuse să râdă tare. Ăsta e darul Lioarei pentru voi, în semn de prețuire. V-a pictat din memorie. Cred că prin asta v-a spus că vă iubește! E felul ei de a transmite ceva. E o surpriză plăcută, așa-i? Credeți-mă, și pentru mine a fost la fel. Sunt mândru de ea! E femeia pe care o iubesc! Cum ar putea fi altfel?

     – Și noi o iubim, fiule! Tata era uimit și încântat. Sper să fie un succes și să vândă toate tablourile! De fapt, nu sper, nu am niciun dubiu!

Drept să spun, tata a avut dreptate! A fost un succes inaugurarea. Multă lume a venit din curiozitate, alții să vadă un alt stil de pictură, dar fusese multă lume într-un final. Totul se învârtea în jurul tabloului socrilor lui Lioara. Fiind expus în centru, toată lumea, inevitabil, se oprea în fața lui. Nu știu câtă lume și-a dat seama de asemănare, dar tabloul a fost foarte apreciat și primul cumpărat de un mare iubitor de artă. Lioara primise un cec pe el, urmând ca, după expoziție. să fie livrat proprietarului. Patronul galeriei a fost cel care, tare mândru de altfel, pusese bilețelul cu "vândut" dedesubtul tabloului. Părinții mei i-au purtat noroc Lioarei. Băuturile și prăjiturelele au fost appreciate, de asemenea. Lioara dăduse mâna cu multă lume în acea zi. Se făcuse și un articol în ziar.

A fost o zi obositoare, Lioara mai făcuse câteva vânzări, câteva peisaje de câmpie. Și astfel, din prima zi, multe dintre tablouri aveau puse dedesubt cuvântul "vândut". Știam acum că Lioara va putea expune oriunde și că putea să capete din ce în ce mai multă încredere în forțele proprii.

Datorită intrării gratuite, luna expoziției a fost una foarte aglomerată. Lioara era prezentă acolo în fiecare zi după prânz . Patronul galeriei punea în fiecare zi, în timpul acesta bilețele cu cuvântul "vândut". Era pasiunea lui secretă. Chiar și el era uimit cum de avea Lioara succes încă de la debut. Se gândea să încheie un contract de exclusivitate cu ea. Lioara să-şi expună lucrările doar la el.

La finalul expoziţiei nu-i rămăseseră Lioarei decât vreo cincisprezece tablouri şi începutul celebrităţii. Tablourile îşi reluară locul în atelierul ei de pictură.

– Paul, am reuşit!

– Da. iubito, de ce te miri? Eu eram sigur!

– Domnul de la galerie vrea să încheiem un contract să-mi expun lucrările doar la el!

– E cam şmecher domnul! Trebuie să-l mai lăsăm în oală la fiert o perioadă. A mirosit succesul şi priceperea ta şi îşi vede deja profitul şi faima din viitor. Să expui la o singură galerie e o idee tare bună. Lumea te-ar şti consecvent şi credincios ideii de început. Nu e rău, dar mai lasă-l să insiste. Oricum te va avea doar el.

– Ţi-a plăcut masa de final, pe care ţi-a pregătit-o, ca în România, Lidia?

– Da, foarte mult! Toată familia lângă mine! Păcat ca părinţii mei s-au dus!

– Te iubesc de sus, de acolo, de pe un nor. Chiar, ce o să faci cu atâţia bani? Eşti foarte bogată doamnă, ştiai?

– O să o ajut pe Anca să-şi deschidă un atelier de modă!

– Ce frumos! Cât de mult te iubesc, Lioara!

– Şi eu te iubesc! Ţie îţi datorez tot ce am şi tot ce sunt acum!

– Este adevărat, dar doar în parte! Dacă nu ai fi avut curaj să mă urmezi, nu puteam să fiu totul pentru tine şi nu te puteai afla cu o fată pe care s-o ajuţi acum!

CAPITOLUL 9

Apropo de fată, acum cred că ar fi nimerit să ne întoarcem la Anca, la trecerea dintre ani, când, uimită, strângea trandafirii lui Richard, ca aceştia să-i dovedească realitatea, că nu visase. Acum, toată lumea era la curent, nu aveau decât să aştepte Anul Nou. Toată lumea ştia că 1947 va fi unul deosebit, plin cu tot felul de peripeţii, inclusiv cu multă dragoste. Anca mersese în camera ei unde a pus trandafirii într-o vază mare. Simţea în ea cum creşte sămânţa dragostei. Dacă Richard a reacţionat aşa, înseamnă că măcar o place, dacă nu altceva. Şi i-a mai zis că anul ce vine spera să vorbească mai mult. Binecuvântată fie seara când Arlett a dus-o la operă!

O va suna şi vor începe cu siguranţă să se cunoască. Totuşi, cum ar putea să se uite un bărbat în toată firea la ea, o fetiţă? Dacă e să se uite, se uită negreşit, dădea tot ea răspunsurile. Se întinse pe pat şi nu prea îi venea să se îmbrace de sărbătoare şi să iasă din cameră. Îi era bine lângă speranţele ei, lângă trandafirii ei frumoşi.

Pe de altă parte, Richard intrând în maşină, răsuflă uşurat. Ce emoţii văzuse pe chipul Ancăi! Dar el? El ce simţise? Simţise o stânjeneală puternică, ca a unui adolescent. Era şi el un pic uluit. Prima dată de gestul fetei, al cărei bilet îl purta încă în haină, a doua dată când îi dăduse florile şi îi sărutase mâna. Pe bilet văzuse că avea numărul de telefon, aşa că se gândea că el va fi cel care va face pasul următor. O va suna sau va mai aştepta?

Richard se gândea că ar trebui să aştepte să vadă dacă îi va trece sau gândurile lui vor fi tot în direcţia domnişoarei Anca. Cunoştea o grămadă de fete, care mai de care mai interesate de el, dar toate îl lăsau rece. Anca era altfel, era tânără, bogată, trecută prin viaţă mult mai mult decât ar fi trebuit pentru vârsta ei şi avea acel dezinteres care lui îi plăcea. Conversaţia cu ea de la Crăciun îl încântase, nu era una de umplutură. Anca era o persoană căreia îi plăcea conversaţia cu el, iar el aprecia accentul ei latin. Vorbea foarte bine engleza, oricum. Ea nu-şi cunoştea mama, el nu avea de ceva timp tată, erau copii unici, deci s-ar fi potrivit. În afară de asta, maică-sa, lady Doherty, o plăcea pe Anca, cum nu-i mai plăcea de nimeni din anturajul său. Acum era rândul său să vadă dacă renunță la prieteniile lui pentru Anca, adică dacă poate deveni "cuminte", ca mulți dintre prietenii lui.

Va vedea dacă într-o seară ca asta, o noapte dintre ani, va simți nevoia să fie cu Anca sau îi vor ajunge prietenii săi zgomotoși. Tot gândindu-se așa, ajunse în fața casei sale. Dacă în seara asta nu-și aduce aminte de ea, înseamnă că nu merită. Și dacă își aduce aminte? Dacă se va întâmpla așa, o va suna după ce termină cu artificiile. Da, artificiile. Le aștepta un an întreg ca un copil cuminte. De când se terminase blestematul ăsta de război, reîncepuse cu artificiile de Anul Nou. Îi lipsiseră cât timp a durat conflagrația militară. Nu făcuse războiul, cel puțin, nu direct în tranșee. Își găsise un loc destul de călduț la registratura ministerului. Se ocupa cu listele de recruți. O muncă pe care o lăsă fericit când se terminase. Nu-i plăcuse, de fapt, nici nu a înțeles războiul. El era o fire pentru care totul ar fi trebuit să se rezolve amiabil, nu cu trupuri de nevinovați peste tot, morți fără nicio binecuvântare.

Coborâse din mașină, dar nu intrase imediat. Mersese în parc unde inspecta pregătirea pentru noaptea ce urma. Mulțumit, se îndreptă către conac, dar intrase pe la intrarea servitorilor. Se trezise îngânând un cântec, se purta ca niciodată. Servitorii făcuseră ochii mari și aveau zâmbete pe fețele lor.

– Domnule Richard, ce minune! Rar v-am auzit cântând. Ce s-a întâmplat? Sunteți tare fericit!

– Poate sunt, deocamdată nici eu nu-mi dau seama. O fi de la trandafirii din seră? Rămân la același cuvânt…"poate".

– Doamnei i-au plăcut foarte mult prăjiturile, ne-a dat și nouă. Sunt într-adevăr foarte bune! Patiseria Mary's e cea mai bună, nu-i așa, domnule?

– Poate…Unde e mama mea?

– Doamna vă aștepta să intrați prin față, nu pe la noi, nu că nouă nu ne-ar plăcea.Stă ca pe ghimpi să știe cum a decurs totul, iar dumneata amâni totul ocolind intrarea!

– Ba mai mult, întâi am fost în parc să văd dacă totul e bine pentru diseară.

– A…artificiile! De-abia așteptăm cu toții să le vedem! Pe timpul războiului le-am dus lipsa.

– Da, așa e! Mă duc la mama.

Richard luase un măr dintr-un paner, muşcă mulţumit din el, sub surâsurile servitorilor şi, plecând, începuse din nou să cânte uşurel.

– Ah, iată-te! Cânţi? Ai intrat prin altă parte, fiule!

– Da, mamă, am fost în parc. E totul bine acolo pentru la noapte.

– Povesteşte-mi, te rog, totul!

– Anca a fost uimită şi mulţumită totodată. Ca s-o fac să creadă că e un vis, nici nu am intrat în casă, i-am dat florile, i-am sărutat mâna şi am fugit pe scări în jos!

– Ca un hoţ…, un hoţ de inimi?

– Ştii ce este ciudat? Că parcă şi eu sunt euforic, ca niciodată. Servitorii m-au surprins la bucătărie cântând, li se pare că nu sunt eu!

– Te gândeşti la fata asta?

– Cred că din ce în ce mai mult. Oricât m-am împotrivit, mă gândesc la ea. Şi crede-mă pe cuvânt că m-am împotrivit: e mai mică, nu e englezoaică, are cu siguranţă altă religie. Dar să ştii că nu ţine! M-am gândit că dacă nu-mi aduc aminte de ea de Anul Nou, nu contează. Adevărul e că ea este în mine, în inima mea, deci nu se pune problema de uitare şi adus aminte. S-ar putea să nu existe leac la această domnişoară cu accent. Mamă, ţie îţi place?

– Da, altfel nu te-aş fi dus acolo. Mi-a plăcut şi mi-a lăsat o impresie foarte plăcută de Crăciun. E fină şi delicată, şi e crescută foarte bine. Nu e atinsă de curentul ăsta feminist pe care îl au amicele tale. De aia îmi place! E diferită de ce avem aici, în societatea noastră. Mie mi-ar plăcea s-o am de noră, iar tu s-o ai de soţie! Însă trebuie s-o iubeşti! Ar trebui să aştepţi mult până la căsătorie, o logodnă de cel puţin doi ani.

– Merită, aş aştepta!

– Asta tu decizi! Ai fi primul dintre prietenii tăi căsătorit cu o fată care nu e englezoaică!

– Asta nu contează deloc! Cred că am s-o sun diseară, poate. Chiar la miezul nopţii! O să-i spun "La mulţi ani!" şi gata! Poate îi cer şi o întâlnire sau poate acceptul unei vizite acasă la ei. Ce zici?

– Cred că e o idee bună, dar ce te faci cu prietenii tăi?

– O să găsesc o scuză. O să mă duc în camera mea, poate înainte de ora 12. Pe la unsprezece jumătate. Nu o să ştie nimeni! Sper să nu greşesc când îmi ascult chemarea inimii, fără a-i pune vreo opreliște. E cam ciudat pentru mine să îmi placă de o fetiţă!

– Dragostea nu vine cu multe reguli, fiule! Vine! Ce mă mulţumeşte pe mine este buna ei creştere, pe care familia i-a dat-o. Nu este viciată. E greu să găseşti o fată aşa, acum, războiul nu a cuminţit pe nimeni! Eşti hotărât să o faci, Richard?

– E ca o ameţeală ceea ce simt, mamă! E tare plăcut sentimentul pe care-l trăiesc când mă gândesc la fetiţa asta. Sunt hotărât!

– Bagă de seamă, fiule, că faci o mare greşeală dacă o tot consideri o fetiţă! Dacă va fi soţia ta, va fi tot o fetiţă?

– Cred că da, în fond.

Discuţia aceasta dintre mamă şi fiu a fost întreruptă de servitoarea care anunţase că prânzul este gata. Plecară către masă foarte bine dispuşi.

– O să-ţi placă artificiile, mamă, ai să vezi!

– Nu mă îndoiesc, fiule! Doar că eu mă gândesc la zilele următoare. Artificiile se sting repede, prea repede pentru cât le aştepţi.

Pentru Anca, orele până la masa de sărbătoare din această seară au fost dulci şi amare totodată. Era fericită pentru că Richard făcuse un gest minunat, dar se gândea că poate o făcuse doar pentru că ea făcuse unul. Pentru ea ajunsese să nu fie destul acest buchet de trandafiri. Se gândea că s-ar linişti dacă s-ar mai întâmpla ceva, dar ce, habar nu avea! Ştia că în seara aceasta Richard petrecea cu prietenii lui. Cu siguranţă erau şi fete pe acolo în suita lui. Ajunsese să se posomorască din cauza gândurilor sale. Ea nu avea decât 17 ani, sigur invitatele au mai mult. Ea nu a mai sărutat pe nimeni niciodată, cu certitudine el avea experienţă şi nu s-ar fi încurcat cu ea.

Când Lioara veni la ea în cameră, o găsi plânsă. Printre sughiţuri, îi explică faptul că nu e bună pentru Richard, sigur el are în seara asta parteneră şi nu se gândeste defel la ea.

– Copila mea scumpă, de ce amărăşti? O să vezi că o să te aleagă pe tine! Fetele pe care le cunoaşte el sunt pentru distracţie, nicidecum pentru o relaţie serioasă. Fiecare bărbat îşi doreşte acasă o femeie cum eşti tu: cineva pe care ei să ocrotească, cineva pe care s-o facă fericită! Ai un buchet de trandafiri foarte frumos, cum prietenele lui nu au primit niciodată! Şi încă ceva! Arlett mi-a spus că nu este un bărbat care să epateze în vreun fel. Nu e petrecăreţ din cale-afară, dar nici pustnic. E cum se spune: normal! Dacă era un afemeiat, până acum îi ieşeau cu siguranţă vorbe, dar nu, lui îi place opera, însă nu s-a încurcat niciodată cu vreo solistă! Şi nu uita, doamna Doherty te-a plăcut! Iar el ţine foarte mult la cuvântul ei! Ştii că este un copil unic, ca şi tine şi tot ca şi tine, nu are unul dintre părinţi.

– Eu am doi părinţi! Tu eşti mama mea, chiar dacă niciodată nu ţi-am mărturisit-o!

– Mulţumesc, scumpa mea! Nu mi-ai spus niciodată mamă şi nici nu am avut pretenţia. Mama ta e undeva în România, într-un cimitir, s-a chinuit să te nască.

– Uite, lasă-mă să-ţi spun aşa de acum înainte! O să spun întregii familii. Nu mi-e greu, m-ai ajutat mereu fără să ceri ceva în schimb!

– Anca, şterge-ţi lacrimile şi hai să alegem o rochie frumoasă, trebuie să mergem în salon. Cred că tatăl tău se întreabă dacă eşti acasă!

– Da, chiar aşa!

– Paul, de când eşti aici?

– De ceva vreme să aud o anumită discuţie care m-a mulţumit! Asta e încă o dovadă a faptului că familia mea e unită! Îţi mulţumesc, Anca! Lioara chiar merită să-i spui "mamă"! Acum haideţi, cred că e suficient! Iar cu Richard, Anca, nu-ti fă probleme, tata crede că e al
tău. L-ai cucerit!

Paul plecă din cameră, iar Lioara rămăsese cu Anca să-i ajute să aleagă rochia. Se făcuse deja ora nouă seara şi se aşezaseră la masă. Toată familia era acolo. Sărbătoreau Anul Nou, dar şi noul drum pe care au pornit cu noroc. Hotărâseră să servească masa până la ora 12, apoi să ciocnească o cupă de şampanie şi să se culce. La urma urmei, fusese o perioadă grea, cu multe comenzi, dar şi cu încasări pe măsură. Fusese un an bun!

Richard, pe de altă parte, îşi primea oaspeţii şi sărbătoreau, ca între prieteni. Mama lui venise doar pentru câteva minute, iar apoi lăsase loc tinereţii. Pe la ora unsprezece se făcu că are treabă în camera la el.

– Mă scuzaţi, baieţi, cinci minute! Merg până la mine sus. Distraţi-vă voi cât mai bine şi vin imediat!

Imediat ce ajunse lângă telefon, formă repede numărul şi aşteptă.

– Alo?

– Bună seara! Sunt Richard Doherty, la mulţi ani!

– La mulţi ani şi ţie şi mamei tale! Ce faci?

– Am o mulţime de prieteni şi vom aprinde la miezul nopţii artificii. Am zis să sun înainte de miezul nopţii. Domnişoara Anca este acasă?

– Da, sigur, ţi-o dau?

– Da, domnule Paul, vă rog!

– Bine, aşteaptă o secundă.

Paul intră în salon zâmbind:

– Anca, e pentru tine! E Richard! Vrea să-ţi spună "la mulţi ani!".

Anca se ridică precum un arc, ajunsese la telefon într-o secundă.

– Alo?

– Bună, Anca! La mulţi ani, 1947!

– Mulţumesc! La mulţi ani şi ţie! Ce faci? Te distrezi?

– Da, aştept artificiile de la trecerea dintre ani. Însă toată ziua m-am gândit să te sun. M-am gândit mult la tine! Mi-ar plăcea să ne mai vedem. Îmi plac discuţiile cu tine!

– Şi mie îmi place să vorbesc cu tine! Eşti binevenit oricând la noi!

– Mulţumesc! Voi veni cu siguranţă.

– Când ai putea?

– Ştii ceva, Anca? Te voi suna eu poimâine, vrei?

– Da, am să aştept telefonul tău!

– Pe la unsprezece dimineaţa, e bine?

– Da, sigur, cu mult drag!

– Voi ce faceţi?

– Stăm la masă, la ora 12 o să ciocnim şampanie şi apoi ne vom culca. Suntem destul de obosiţi. Au fost foarte multe comenzi şi mult de lucru. Chiar şi eu m-am ocupat cu împachetarea lor.

– Oh, păi atunci încă o dată la mulţi ani! Şi somn uşor! O să te sun negreşit poimâine. O să mă gândesc la tine la 12 noaptea!

– Bine atunci, mă voi gândi şi eu!

– Rămâi cu bine şi pe …la anul!

- Da, pe la anul!

Vocea Ancăi îi rămăsese închisă între tâmple. Îi plăcea să se gândească la viitor, să facă planuri cu Anca. Oftă! Trebuia să plece la nebunii de jos, nu putea să-i lase să aştepte, era gazdă. Lui i-ar fi plăcut sa rămână sus, să se gândească la Anca lui. O invidia pe Anca pentru că se culca după 12. El încă mai trebuia să aştepte până să fie singur…Hm!...pe poimâine, Anca! Cobora cu aceeaşi impresie în cap. Îi plăcea Anca şi era fericit că vorbise cu ea.

  – Hei, unde ai stat atâta? Aprindeam artificiile fără tine! Mai e doar puţin timp. Ne-am ocupat şi de şampanie în locul tău, dar te scuzăm, că eşti cu capul în nori! De Anul Nou se iartă orice! Nu-i aşa, fetelor?

  – Da, aşa e!

  – O, chiar e târziu, zise Richard, haideţi afară să ne pregătim. Începuse apoi să râdă un pic forţat. Nu vroia să arate la nimeni ce are ascuns în suflet. Dar dacă ar ţine un toast pentru o necunoscută, adică pentru Anca, fără să-i pronunţe numele? Ar scăpa şi el de fetele astea bogate care-l pisau neîncetat.

  Se îmbrăcară cu toţii şi, cu mare forfotă de glasuri, ajunseseră în parc. Acolo, la ora stabilită, o mare de artificii se ridicară pe cer. Avuseseră noroc, totul se aprinsese. A fost o feerie de lumină şi culoare, dar şi fum şi zgomot. Toată lumea râdea şi îşi făcea urări. Care mai de care îşi urla dorinţele care ar fi trebuit să se realizeze în noul an. Şampania curgea pe gât, pe toalete, pe mâinile care tremurau de frig, aşa că atunci când ajunseseră în salon, toţi erau, ce-i drept, euforici, dar îngheţaţi.

  Între timp servitorii aşezaseră pe masă un tort uriaş, pe care scria evident: " La mulţi ani, 1947!". Se aşezaseră la masă. Atunci Richard se gândi să facă gestul la care ideea îi veni înainte de artificii. Ce o să se mai distreze pe seama lor! Când se hotărâse, bătu cu o linguriţă într-un pahar, strigând că vrea să facă un toast.

  – Un toast pentru domnişoara care de ceva vreme mi-a furat inima!

  – Ce? Cine? Când?

  – Din fericire pentru mine, nu o cunoaşteţi! E o fată pură, neatinsă de cochetăriile de care suferă femeile din ziua de azi. Când am văzut-o prima dată, am rămas uimit că mai există astfel de fete în epoca noastră! Este frumoasă şi deşteaptă!

  – Frumoasă şi bogată? întrebară în cor…

  – Da, foarte bogată! Moştenitoare unică! Însă cred că nu asta contează. Am eu avere şi pentru ea.

  – Ca tine, singură la părinţi?

– Da, cam aşa ceva. Deci acest toast, pe care nu-l va auzi, e pentru ea, cea care, cum nu mai speram, mi-a cucerit inima prin tot ce înseamnă persoana ei. Şi un lucru important, mama o place!

– Richard, spune drept, ăsta a fost ultimul Revelion de holtei?

– Nu cred că mă voi căsători anul acesta, însă da, cred că e ultimul fără ea. Cu siguranţă vom avea o logodnă lungă.

– Deci trebuie să ne găsim altă gazdă! Of!

– Da, băieţi, din păcate, iubesc, şi curând nu o să mai respir decât aerul pe care-l respiră ea! Fetele spuseseră:

– O să te spionăm!

– Puteţi s-o faceţi liniştite!

– Richard, ţi-ai găsit acum momentul să ne amărăşti!

– E o noapte solemnă în care gândurile mele îi aparţin ei!

– Păi, atunci să ne distrăm ca pentru ultima dată! Richard se face om serios!

– Cam aşa ceva. Îmi pare rău, camarazi!

Până la ziuă, Richard îi lăsă să facă ce vor, ca pentru ultima dată. El rămăsese mai gânditor. Fetele plecaseră cu automobilul primele, iar, către dimineaţă, baieţii, mai mult forţaţi, plecaseră şi ei acasă. Richard se bucură de mica sa răutate ce o comisese. Era necesar să rămână singur, fără grupul ăsta zgomotos. Se hotărâse, Anca va fi a lui! Va fi soţia sa!

CAPITOLUL 10

Acum, normal ar fi să ne întoarcem la timpul lăsat de noi în capitolul 8. Acolo unde, cred că vă mai amintiți, am lăsat-o pe Lioara cu succesul expoziției sale, din care a câștigat destul de mulți bani, dar și încredere, sentimentul acesta ultim fiind cel mai important pentru ea. Ca să continuăm, trebuie însă ca scriitoarea să adaoge anumite amănunte. Relația dintre Richard și Anca se consolidă, în ciuda faptului că rămăsese secretă, cu toate eforturile depuse de prietenii tânărului. Se întâlneau la Anca acasă, pentru că tatăl ei era mai mulțumit așa. "De ce să înghețe pe afară în ploaia asta londoneză, care mereu se iscă din senin?" Apoi, Paul credea că putea să supravegheze de la distanță prietenia celor doi. Prietenie destul de serioasă, care aducea bucurie mare cuplului nou format. Discutau despre cărți, flori, orice, totul îi făcea fericiți. Plănuiau, când se va încălzi destul de tare pentru a face plimbări la țară, să meargă la cea de-a doua reședință Doherty. Însă vremea încă nu ținea cu ei.

Cât privește pe Lidia și Alexandru, aceștia puteau să se considere adaptați. Lidia își deschisese un magazin minuscul în care vindea hăinuțele făcute de ea. Unele erau tricotate, altele erau lucrate la mașina de cusut. Totul era frumos așezat pe umerașe. Vindea cam tot ce lucra. Se simțea utilă în felul acesta și era un prilej nou pentru adaptare. Vorbea engleza destul de bine, însă Alexandru o întrecea, poate și datorită faptului că la birou lua contact în fiecare zi cu englezi. De altfel, Mihai, copilul lor, era incomparabil mai bun la engleză. O studia și la școală și o avea ca ajutor pe Anca. În casa lor, toți vorbeau doar românește, rar în engleză, cu excepția servitoarelor, care, evident, habar nu aveau românește.

Numai bătrânii Voicu nu doreau să vorbească engleză, ieșeau rar și atunci însoțiți de vreun membru al familiei, care cunoștea bine engleza. Se mulțumeau să cultive și să îngrijească grădinile de zarzavat ale celor două case, pe care le uniseră. Așa că toți aveau legume proaspete din propria grădină, exact ca pe vremuri, în Romania. Printre puținele ieșiri fusese și cea în care nora le expuse picturile la galeriile de artă. Mare le-a fost mirarea când se văzuseră în principalul tablou al expoziției. Se simțiseră puțin stingheriți când vizitatorii îi reperaseră în principalul tablou al expoziției. Se liniştiseră când ajunseseră acasă, fără să mai simtă privirile tuturor pe chipurile lor. Nu se aşteptau la aşa un tablou de la Lioara. Era ca un gest de recunoştință şi respect. Îşi repetau că fata asta, chiar are talent. Aida, în schimb, ieşea mai puțin. Era mulțumită să stea mai mult în casă sau pe terasa acesteia din spate. Avea grijă de Mihai. Îi plăcea copilul acesta care era trecut de 10 ani şi cu care se înțelegea ca şi cu un om mare. Lui Mihai îi plăceau poveştile ei despre tinerețile sale. Se vedea că o asculta cu plăcere.

Mihai era frumuşel şi tare ascultător. O ajuta pe mătuşa Aida la orice avea aceasta nevoie când era acasă. Uneori îi mai făcea şi mici comisioane în oraş. Atunci Mihai o mulțumea pe deplin. Aidei îi plăceau tare mult bomboanele, iar Mihai îi cumpăra câte o cutie uneori.

Revenind la Richard, acesta înnoise invitația de a face o excursie la reşedința familiei sale de la țară. Nu trebuiau decât să se urce în maşini. Totul ar fi fost pregătit de către cei rămaşi să aibă grijă de conac. Anca de-abia aştepta. Se sufoca în aglomerația teribilă a Londrei. Şi apoi, spera să se poată plimba în linişte singură, cu Richard. O atrăgea foarte mult, îi plăceau vizitele lui stăruitoare, pline de linişte şi de siguranță totodată. Vocea lui atât de caldă când era cu ea o copleşea. Îi plăcea să-l audă citind ceva sau comentând vreun text.

Se hotărâseră să plece în această excursie de două zile la începutul lui mai. Vremea ținea cu ei. Se făcuse frumos, iar copacii erau plini de flori, tocmai bun de drumeții. Nu era nici înnăbuşitor, era cum trebuie pentru a-ți putea îndeplini dorințele. În această excursie cei bătrâni refuzaseră să meargă, iar Alexandru găsi şi el un pretext să-i lase singuri: brutăria. În excursie mergeau doar Lioara, Paul, Anca, Arlett şi Mihai. Ceilalți se puseseră să facă totul ca toți excursioniştii să rămână singuri, să se relaxeze. Toți credeau că Anca ar trebui să se căsătorească mai repede, cel târziu la anul. Nu credeau că este vreun motiv să mai aştepte. Toată lumea vedea că se înțeleg şi că privirile lor vorbesc mai mult decât cuvintele. Până şi Paul se gândea că o logodnă de un an şi jumătate este suficient.

Nu se discuta însă încă serios despre asta. Toți se bucurau de aceasta nesperată relație. De partea cealaltă, erau doar Richard şi mama lui. Programaseră plecarea într-o vineri dimineață, urmând să se întoarcă duminică după prânz. Richard reuşise s-o facă foarte curioasă pe Anca, aceasta devenind tare nerăbdatoare. Îsi pusese doar haine foarte comode, să poată merge mult fără să se gândească la alte probleme de toaletă feminină. La urma urmei, considera, pe bună dreptate, că era în familie. Nici măcar pe doamna Doherty nu o mai considera altfel. Mama lui Richard era tare binevoitoare, aşa că începuse să se comporte firesc. Apoi dacă între ea şi fiul ei va urma ceva serios, era mai corect firescul. Chiar naturaleţea Ancăi îi plăcea foarte mult doamnei Doherty.

Vremea, în vinerea aceea, a fost splendidă, nici gând de ploaie. O adiere călduţă se simţea în aer. Cu cât se apropiau mai mult, iar clădirile se răreau, totul era atât de firesc în naturaleţea spaţiului înconjurător încât credeai că erau pe altă lume. Totul era liniştit şi-i făcuseră pe toţi să uite de zgomotele şi fumul din capitala Regatului. Câmpuri largi se iveau pe marginea drumului, iar oameni se vedeau doar pe alocuri. Toţi se reîntorseseră la pământ, uitaseră de război, de bombele din ţarina lor dragă. Totul era un cântec al naturii pe care toţi excursioniştii îl savurau. Anca se înviorase un pic, îşi amintea de Amara ei dragă. Va putea să se plimbe, e drept, pentru scurt timp, în aer curat şi putea să vadă natura în toată efuziunea ei. Mergea în maşină cu Richard, acesta conducând şi explicându-le lucruri despre locurile pe unde treceau. Uneori vedeau de la depărtare ţarcuri pline de oi, celebre pentru calitatea lânii.

Cealaltă maşină era condusă de Paul. Se întelesese cu tânărul şofer de la cealaltă maşină că, dacă ultimul va semnaliza de două ori, să oprească. Aşa că Richard, când văzuse semnalul se opri.

− S-a întâmplat ceva?

− Nu, nimic. Doar că am ajuns la jumătatea drumului şi e timpul să ne dezmorţim. E o idee bună, nu-i aşa?

− O, da, dacă e vorba doar de asta, sunt de acord.

− Uite, zise Anca, am putea să ne aşezam puţin acolo, sub copacul acela. Putem? Deranjăm pe cineva?

− Bună idee! Nu deranjăm pe nimeni. Suntem pe moşia unui prieten de-al tatălui meu! Coborâseră cu toţii din maşini şi se îndreptară spre bătrânul copac.

− Când eram mic, am venit de multe ori aici cu tatăl meu. Se organizau vânători în zonă. Eu mă jucam întotdeauna cu fiul cel mic al proprietarului.

− Conacul de aici mai e locuit?

– Da! Familia s-a mărit prin căsătoria celor doi băieţi, însă niciunul nu a dorit să plece la o altă proprietate. De altfel, casa lor e foarte mare şi ţinutul bogat. Bărbaţii îl preferau întotdeauna altei locaţii.

– E mai mare ca reşedinţa ta, întrebă Mihai?

– Nu, nu e mai mare, dar aici e mai mult vânat. Acum însă nu mai există partide de vânătoare. Războiul a distrus totul, e tristă realitatea. Reconstrucţia nu mai are timp de cavalerismul de altădată!

Se aşezară cu toţii şi începură să ronţăie biscuiţi din coşul cu care venise Anca. Îsi turnaseră puţin ceai. Totul era aşa de frumos şi natural!

– Cred că aş sta aici o veşnicie, zise Anca….

– Nu cred asta, zise Richard! Ţi-ar lipsi frământarea de la Londra!

– Richard, tu nu ştii că eu pe timpul războiului am stat într-un loc ca acesta?! Mai ferit. Aşteptam scrisori de la tata şi mă rugam cu glas tare să mi-l lase în viaţă. Stăteam singură rezemată de un copac, nu departe de casa noastră şi citeam scrisorile tatei. Pentru mine, deveniseră sfinte ca verigheta mamei şi ca lanţişorul de la gât, dat de tata. Şi mi l-a dat înapoi. Apoi am pierdut toate locurile dragi de acolo de unde m-am născut. E ca o compensaţie, ca o balanţă. Am toată familia lângă mine, am în sfârşit o mamă, dar mi s-au luat pământurile!

– Scumpa mea fetiţă, zise Lioara, nu poţi să uiţi deloc? Trebuie s-o faci, încearcă! Altfel nu poţi păşi înainte!

– Are dreptate mama ta, zise Richard. Trebuie să uiţi pentru a te gândi la fericirea ta viitoare! Este foarte adevărat că nu te-ai născut aici şi că ăsta nu e pământul tău, dar te-ai gândit că poate fi pământul copiilor tăi?

Richard avea aşa o expresie intensă a feţei, ca un subînţeles. Ca şi cum copii Ancăi depindeau de el. Şi în parte aşa va dovedi viaţa că va fi. Anca îl privi şi ea pe el şi parcă îl înţelesese. Era ca o promisiune, ca o cerere? El era cel care o va acomoda cu pământurile acestea? Copiii ei! Fata se scutură şi prefera să nu mai gândească acum la aceste lucruri. Îi plăcea mult Richard, tresărea mereu şi-i bătea inima mai tare în preajma lui, dar credea că mai e mult până la înfăptuirea vreunei eventuale promisiuni.

Privirile lor erau lăsate să vorbească pentru ei. Richard nu o ceruse de logodnică de la tatăl ei. Trăia încă în uimirea de a se gândi doar într-un singur sens: Anca. Ştia că trebuia să acţioneze rapid pentru Anca, încă nu era destul de vizibilă în societate, dar în curând se putea întâmpla. Tatăl ei era bogat, iar o asemenea fată era vânată precum era el ca bărbat.

Când refăcuse invitaţia la ţară, se gândise la diverse variante de apropiere între familii, implicit între el şi Anca. Considera că o cerere în căsătorie într-un loc intim şi ferit de ochii lumii ar fi minunată. O logodnă nu mai lungă de un an era suficientă, în opinia lui. În acest an se puteau cunoaşte mai bine şi se puteau apropia mai mult. O logodnă dă acceptul la multe lucruri între doi parteneri: se puteau plimba împreună în văzul lumii. Îi plăcuse discreţia de până acum, dar parcă dorea mai mult. Anca venea peste el în fiecare zi mai mult. Dorea s-o strângă în braţe, s-o sărute, să se apropie. Toate aceste sentimente erau noi pentru el, dar stăruitoare.

De partea cealaltă, Anca simţea la fel. Parcă ştia că o să se întâmple ceva curând. E ceva specific instinctului feminin, femeia simte şi aşteaptă să vină. Ce? Habar nu avea. Dar aceste clipe de aşteptare a inevitabilului sunt cele mai plăcute pentru o femeie. Din fire timidă, poate şi pentru că nu a mai trăit niciodată iubirea, pe care nu ştia încă să o definească, Anca vorbea cu ochii, cu micile ei gesturi, pe care le făcea în prezenţa lui Richard şi mai mult pentru el.

Şi acum, stând sub copac, privirile lor se întâlneau mai mereu. Ale lui Richard, erau pătrunzătoare şi adânci, uimite de făptura din faţa lui care i-a pătruns în inimă, şi ale Ancăi, coborâte uşor, însoţite de un zâmbet timid în colţul gurii. Cu certitudine, fiecare avea în el vulcanul, în aşteptarea unui cutremur mult dorit. Doreau parcă să rămână singuri, ţinându-se de mână, să nu existe stinghereala altor priviri.

– Anca, gustarea a fost delicioasă, întrerupse deodată doamna Doherty visarea tuturor.

– Mulţumesc, doamnă! Nu a fost mare lucru.

– Da, a fost plăcut să stăm sub acest copac, nu am mai făcut-o demult!

– Cred că e timpul să plecăm, zise Richard. Cred că servitorii ne aşteaptă deja acasă. Mai avem cam o oră de mers. E bine să ajungem în timp util.

– Da, haidem în maşini atunci!

– Anca, stai lângă mine în faţă, o să ai o panoramă mai largă asupra priveliştii!

– Da, Anca, poți să o faci, zise Paul...

– Atunci eu sunt prima la mașină, zise Anca râzând.

Richard o urmă apoi.

– Stai s-o descui, zise Richard. E încuiată! Și alergă apoi repede după ea. Ajunseseră primii în mașină, jocul începuse. Richard o luă de mână.

– Anca, e așa de greu să rămânem doar noi doi!

- Da, așa este!

– Mă faci așa de fericit, cum nu am mai fost niciodată!

Anca oftă și își retrase încetișor mâna.

– Vin ceilalți! spuse ea încet...

– Da, știu. Poate la moșie o să putem scăpa puțin...măcar de paza asta permanentă.

– Și eu sper, Richard. Parcă simt ceva că se va întâmpla aici, la tine la țară. Nu știu ce Anume, dar voi participa cu siguranță!

Richard se gândea în sinea lui : "...nici nu știi ce pun eu la cale! Cred că nu mai vreau să aștept! Nu mai mult de un an. O să fii a mea! Îmi ești indispensabilă!" Zâmbi și când toată lumea a fost înăuntru în mașini, porni înainte, urmat de mașina lui Paul, în care îl trimisese pe șoferul său. Vroia această diversiune, s-o aibă pe Anca lângă el. În mașină mai călătoreau cu ei mama lui și Lioara. Dacă acestea au văzut ceva, rămăsese în mintea lor.

Erau emoționați amândoi, stăteau în față. Anca era mulțumită. Vedea tot și stătea lângă bărbatul care aproape îi declarase dragostea.

– Arlett, ne-au surghiunit aici!

– Da, văd, iar Anca e lângă Richard în față, nu e mama lui. Asta înseamnă ceva! Însă nu știu ce. Eu cred că se iubesc și o va cere în căsătorie. Aici și acum. La anul o să avem nuntă în familie, ai să vezi!

– Tu ești tare perspicace de obicei, Arlett! Să știi însă că și eu m-am gândit. Nu mi-ar displăcea o căsătorie la anul. O logodnă simplă care la anul să se termine cu o nuntă frumoasă. Și eu zic că se potrivesc. Richard e aproape de-al casei noastre, se simte bine la noi.

– Mamei lui îi place Anca, e un amănunt foarte important.

– Da, îmi place cum se poartă cu Anca, deschis, fără rețineri, zise Paul. Fata mea merită să fie fericită de la început și total.

– Ai văzut cum se uita Richard la Anca și invers?

– Privirile lor vorbesc de la sine! Se iubesc copiii ăștia!

152

Arlett continua să vorbească despre acest subiect aproape tot drumul, iar Paul o asculta cu atenție și de cele mai multe ori îi împărtășea părerile.

– Am ajuns! Uite, după pâlcul ăla de copaci, e conacul! Am mai fost aici acum multă vreme. O să placă la toată lumea excursia asta. Și o să se termine precum am zis.

Într-adevăr imediat ajuseseră în fața unei case mari și impunătoare. Era așezată pe o pajiște superbă, perfect tunsă, tipic stilului englezesc. Se dăduseră cu toții jos din mașini. Cele câteva bagaje fuseseră duse în casă de servitorii care îi așteptau.

– Buna ziua, doamnă Doherty! Bine ați venit! Speram să vă simțiți bine aici la țară, dumneavoastră, domnul Richard, precum și prietenii dumneavoastră!

– Bună ziua și ție, Samuel! răspunse Richard în locul mamei sale. Totul e pregătit?

– Da, domnule. Camerele sunt gata și, de asemenea trăsura, pentru plimbare, dacă e timp frumos.

– Va fi, n-avea tu grijă. Dar să intrăm!

– O, ce frumos și impunător, zise Anca, plăcut surprinsă.

– Îți place?

– Da, foarte mult! Sunt și fantome? întrebă Anca râzând...

– Nu! Din păcate, nu sunt, așa că nu-ți poți satisface vreo întâlnire cu vreo umbră, râse Richard.

– O, nu-mi plac fantomele! Dar casa e așa de mare și tavanul atât de înalt! Și scara e parcă din cărți, mi-a dus gândurile la așa ceva.

– Samuel, dacă totul e pregătit, să mergem toți în camerele noastre pregătite și peste jumătate de oră să coborâm mai odihniți la masă.

– Da, domnule. Să urcăm!

Se pregătiseră șase camere, toate la primul etaj. Fiecare rămăsese un pic singur în cameră cu excepția cuplului Voicu, care își împărțea aceeași cameră.

– Paul, ce casă frumoasă! Anca va fi ca o regină aici! Cred că o va cere în căsătorie sau ceva de genul ăsta, ai să vezi!

– Știu, iubito, am văzut cum o privește pe Anca. În fond, la cât a pătimit fata asta, merită să fie ca pe tron de acum încolo. Să știi, Lioara, că nu o să mă împotrivesc. La anul, după o logodnă de un an, se pot căsători. Dacă bineînțeles o vor dori.

– Şi Anca o doreşte, aşa am văzut.

– Da. O să fim nişte bunici tineri, o să ne ocupăm de nepoţei.

– Paul, nu crezi că e prea repede?

– Nu! Mama trebuie să fie apropiată ca vârstă de copii. Doar nu o să-i facă la treizeci de ani!

– Bine, cum zici tu. Uite, eu sunt gata! Ce zici, dacă mă duc la Anca?

– Nu e o idee rea!

Lioara ieşi, dar intră imediat.

– Richard e în faţa uşii Ancăi! O ţine de mână!

– Interesant! Cu atât mai mult, du-te la ea!

– Bine!

Când Lioara ieşi, Richard dăduse drumul măinilor Ancăi. Lioara se făcuse că nu observă şi zâmbi.

– Ah, doamnă Voicu! E ceva în neregulă? V-aţi acomodat?

– Da, Richard, totul e în regulă. Am vrut doar să văd ce face Anca.

– Bine atunci, ne vedem la masă!

Richard duse o mână la frunte ca semn de retragere şi plecă în camera lui. Lioara intră.

– Îţi place aici?

– Da, e foarte frumos! Nu ştiu dacă te poţi acomoda cu aşa ceva, cu atâta linişte, dar de vizitat este numai bun! Uite ce privelişte frumoasă e de la fereastra camerei mele! Oare o fi stat cineva pe aici în trecut? Totul e foarte bine păstrat, dar e vechi. Casa asta are mult peste o sută de ani.

– N-ai decât să redecorezi când te vei căsători cu Richard, draga mea!

– E prea devreme pentru mine!

– Anca, Richard te iubeşte! Îndrăznesc să afirm asta. Se vede din tot ce face. Şi mai e ceva, te respectă! La vârsta lui are la activ multe femei. Cu tine se poartă precum cu un bibelou, cu oarecare teamă. Te mănâncă din priviri, dar a învăţat să aştepte, să te aştepte şi să rabde. Tatăl tău crede că te va cere în căsătorie acum. Lui îi trebuie o fată ca tine, liniştită, care va iubi familia. Cu siguranţă e vânat de alte femei, dar tu eşti aleasa!

– Şi tata crede asta? Ei bine, şi eu cred la fel! Mă priveşte într-un anumit fel, iar când mă ţine de mână mă topesc, dar cred că şi

154

el. În maşină a încercat să-mi spună ceva, dar aţi venit prea repede şi s-a rupt vraja.

– Ce ţi-a spus?

– Mi-a spus că îl fac fericit! S-a plâns că nu putem scăpa de paza asta permanentă careia îi suntem supuşi. Ştiu că e un bărbat vânat, dar cred că nu se va lăsa prins de altă femeie. Aşa simt, mi-e frică să o recunosc deschis, dar îl vreau pentru toată viaţa!

– Îl vei avea, scumpa mea! Acum hai să coborâm, cred că e timpul, şi apoi îmi e un pic foame! Îmi place rochia asta simplă pe care o porţi, Anca! E potrivită! Te scoate în evidenţă şi nu e pretenţioasă.

Cele două femei ieşiseră şi intraseră să vadă dacă Paul mai era în cameră. Acesta coborâse deja.

– Oare toţi au coborât şi ne aşteaptă?

CAPITOLUL 11

Când cele două femei ajunseseră la masă, într-adevăr toată lumea era acolo. Richard, când o văzu pe Anca, se ridică şi îi oferi locul de lângă el.

– Nu am întârziat? întrebă ea puţin timidă.

– Nu, zise doamna Doherty, nu, dar ne-am aşezat. Aţi venit la timp…şi mai stăteam de vorbă. De altfel, nu suntem la Londra unde trebuie să respectăm nişte reguli cât mai stricte. Suntem la ţară, ne vom relaxa pentru câteva zile.

Richard o întrebă pe Anca dacă îi place camera. Anca îi răspunse zâmbind că e foarte frumoasă şi confortabilă. Masa fusese servită şi toţi mâncară cu poftă. Aerul de ţară făcuse totul. Hotărâseră apoi că până seara la cină, toată lumea avea program liber, adică putea face tot ce poftea. Richard era foarte bucuros să audă asta. Avea să o ducă pe Anca să-i arate râul şi o şi spusese în gura mare după masă.

– Asta nu e un lucru rău, Richard, spuse doamna Doherty, însă tu, Anca, trebuie să te îmbraci mai gros. Lângă râu întotdeauna e mai răcoare, poate de la curenţii apei şi de la umezeală.

– Anca, poţi lua jacheta aceea crem, te asortezi şi ţine şi cald!

– Cred că aşa voi face! Richard, aşteaptă-mă o clipă, doar până urc.

– Iară noi, zise mama lui Richard, o să vizităm casa, ce ziceţi?

– Nu e o idee rea, ziseră cu toţii.

– Aveţi o casă impunătoare, doamnă Doherty, spuse Paul. Vă felicit pentru ea!

– Mulţumesc! Sunteţi foarte amabil, zise stăpâna casei. Să aşteptam copiii să plece şi o vizităm. O să ne ia ceva timp, dar nu o să fiţi dezamagiţi!

Anca avea deja haina pe ea când cobora, şi cei doi, sub privirile ocrotitoare ale tuturor, plecară lăsând în urmă un subînţeles. Nu cred că trebuie să stăruim asupra plimbării celor rămaşi în casă. Într-adevăr, conacul avea ce să le arate. Mai important, credem noi, e să ţinem firul plimbării celor doi îndrăgostiţi. Cum se găsiră afară, conştienţi de distanţa de casă şi de lipsa privirilor de după ferestre, cei doi parcă deveniseră mai deschişi.

– Doamne Anca, mă înnăbuşeam în casă! Aşteptam momentul acesta!

– Îmi dau seama ce bine e aici doar după ce stau o perioadă lungă de timp la Londra, printre probleme. Aici parcă pot să uit de ele şi să mă apropii cu adevărat de natură şi de frumuseţea ei. Azi însă, e mai special, te am lângă mine şi nu ne vede nimeni. Mi-ar plăcea să fie mereu aşa!

– Să trăieşti fără oameni lângă tine?

– Aici aş putea, e linişte şi nu circulă multă lume!

– Da, ai dreptate! Parcă Dumnezeu e mai aproape aici!

Fără să prindă de veste, cei doi tineri mergeau unul lângă altul mână în mână. Şi Dumnezeu vroia firescul lor. Parcă se ştiau şi se plăceau de când lumea. Râul, pe care îl priveau amândoi, îl făcu pe Richard să se gândească la viaţa care trece, ca şi el, lin sau învolburat. Trecea. Iar el nu vroia ca viaţa lui să treacă decât lângă Anca. Aşa că se surprinsese zicând:

– Anca, tu ştii că eu te iubesc? Acum, aici, lângă Dumnezeu, îţi spun acest lucru! Vreau să fii a mea pentru totdeauna. Vreau să ne logodim, să ne căsătorim şi să fim fericiţi! Nu cred că aş putea amâna să am o promisiune din partea ta!

Anca se aştepta la asta, dar tot se fâstâcise.

– Richard, eşti aşa direct…

– Da, când vreau ceva, nu stau pe gânduri. Mă iubeşti şi tu? Măcar puţin? Pot spera că la anul vei fi soţia mea?

– Richard, cred că ochii mei vorbesc pentru mine. Ce simt de când te-am întâlnit e o neputinţă de a trăi fără tine. Sunt fericită când te văd, când te simt în aceeaşi cameră!

– Deci mă iubeşti? zise Richard luând-o de mână.

– Da, te iubesc, cu toată fiinţa mea!

Richard, printre săruturi pătimaşe îndreptate asupra mâinilor Ancăi, îi şoptea cât e de fericit!

– Te căsătoreşti cu mine?

– Da, Richard, la anul!

Anca tremura de măreţia clipei.

– La anul, Anca, pe vremea asta, ca o celebrare a acceptării tale! Va fi mult de muncă, mama va dori o nuntă mare! Toţi prietenii mei vor fi uimiţi, dar nu-mi pasă de ei! Sunt aşa de fericit!

Richard căută cutiuţa catifelată din buzunar. O găsi şi o întrebă pe Anca:

– Accepţi să-mi fii logodnică un an? Îmi vei purta inelul? Richard, fără să aştepte răspunsul de la Anca, căci aceasta vorbea cu ochii, cum chiar ea spunea, îi pusese inelul pe deget şi o strânse în braţe. Lacrimi de fericire şi uimire udau ochii Ancăi.

– Da, Richard, voi fi a ta! Sunt atât de fericită! Cred că orice femeie ar fi. E frumos să fii iubită, e un sentiment nou!

…Şi Richard o sărută, o strânse în braţe cu uimire. Era în sfârşit stăpânit de patima iubirii. Simţea că avea totul acum. Dorea doar să trăiască, cu Anca. Mână în mână, fericiţi, se plimbară o vreme de-a lungul râului. Însă înserarea adusese o răcoare care le opri mersul pe lângă apă. Trebuiau să se întoarcă. Toţi îi aşteptau, iar când o văzură pe Anca intrând îmbujorată şi fericită, înţeleseseră cu toţii. La cină, Richard, vădit emoţionat, se ridică în picioare şi ţinuse o cuvântare demnă de împlinirea care îi împovăra sufletul.

– Da, sunt fericit! Anca, aici de faţă, mi-a acceptat inelul şi ne vom căsători! Ne-am recunoscut iubirea ce ne-o purtam şi suntem fericiţi. Am stabilit împreună că un an de logodnă este suficient pentru a face preparativele pentru căsătoria noastră. La începutul verii anului viitor, ne vom căsători!

– Eram sigură! spuse Arlett…V-am spus eu că aici Richard pune ceva la cale!

– Să fie cu noroc! spuse mama lui Richard. Anca e cum nu se poate mai potrivită! Este educată, stilată şi înzestrată cu mult bun-simţ, îmi place atât de mult! Te felicit, fiule! Şi pe tine Anca la fel. Bine ai venit şi intrat în familia noastră! O căsătorie din dragoste este întotdeauna de preferat uneia din interes. O să avem timp să anunţăm logodna, să pregătim tot şi să uimim pe toată lumea! Anca, tu ce spui?

– Eu sunt fericită! Iar cuvintele nu-şi găsesc calea să iasă afară. Parcă plutesc! Parcă viaţa mea prinde contur şi parcă îmi pot imagina lucruri pe care le voi face peste ani. Văd înainte, nu mai am aşteptări. Vreau să mă căsătoresc cu Richard şi să mă înfig mai bine în pământul acestei ţări care m-a primit, pribeagă fiind. Ştiu că mai lipseşte cineva, care ar fi trebuit să-mi împărtăşească fericirea, totodată știu că mă privește dintre îngeri. Simt că îmi aprobă această hotărâre. O, draga mea mamă...

– Anca, zise Paul. Suntem toți aici, iar mama ta e aici, de asemenea! Eu îi simt prezența!

– Știu asta!

Se făcuse liniște, doar pentru un moment. Richard propusese un toast pentru logodnica lui și ceruse servitorului să meargă în pivniță.

– Ba nu, lasă că mă duc eu, zise Richard. Am eu o sticlă care așteaptă un eveniment de natura celui de astăzi!

Zâmbind, plecă din sala de luat masa și, din câteva salturi, ajunsese în
pivniță. Găsi o sticlă veche, pe care o luă, plină de praf, așa cum era pe rastel de atâta timp.

– Uite mamă, recunoști soiul, anul?

– Da, uite, e chiar din anul nașterii tale! De unde o ai și cum de a supraviețuit? întrebă uimită mama lui Richard...

– Demult, tata mi-a povestit despre câteva sticle din acestea. Am cerut permisiunea de a păstra una. Tata mi-a dat voie zâmbind. Am ascuns-o, cu gândul s-o scot doar când vreun eveniment ar cere-o.

– Tatăl tău și soțul meu, nu-ți refuza nimic. De-ar fi aici...

– Dar este, mamă, și e fericit.

Doamna Doherty zâmbi cu gândul la amintirile sale.

– Să bem atunci!

– Să bem pentru fericirea copiilor noștri!

– Felicitări! Se auzi de peste tot...

– Fericire! O meritați amândoi! Deja sunteți o pereche, faceți echipă bună împreună!

Seara trecu cum nu se putea mai minunat, iar vizita de două zile la țară, adăpostea acum amintiri de neșters. Amândoi tinerii, îmbătați de dragostea acceptată de toți, puteau liniștiți să o facă să crească. Natura toată lucra la acest lucru. Avură parte de timp frumos, ciudat pentru Anglia. La întoarcere, trecură pe lângă copacul sub care au stat când au mers către conac. Le-a purtat noroc. Urma un an plin de așteptări, de nerăbdare și de dulce logodnă.

Anca și Richard erau fericiți, promiteau pentru toată viața. Făceau planuri, le refăceau, zâmbeau fericiți vieții. Numai cine a iubit frumos și curat poate să înțeleagă sentimentele dintre cei doi.

Dar, credem că multă lume a simțit ca ei măcar o dată în viață sau poate doar prima dată. Fericire, pasăre cu aripi curate, efemeră uneori, trainică câteodată, întotdeauna de neuitat!

CAPITOLUL 12

Toată lumea din familia lui Richard a primit cu uimire şi curiozitate nunta anunţată pentru anul viitor. Prietenii lui Richard l-au felicitat, dar au promis, în glumă, că nu-l vor ierta pentru că a ţinut ascunsă aleasa lui faţă de ei. Însă, cu siguranţa, fetele care roiau în jurul lui nu-l vor uita niciodată… "cum a putut să scoată o străină, o venetică din colivie … când ele, distinse şi de viţă nobilă, credeau că-l vor avea!"

Lui Richard nu-i păsa, era fericit cu toţi ai lui, dar mai ales cu Anca. Ea era promisiunea vieţii faţă de el, era fericirea mult visată. De partea cealaltă, toţi ai Ancăi se aşteptau ca fata să se mărite. O făcea bine, aşa că era şi mai bine.

Amândoi tinerii îşi doreau o nuntă simplă şi rapidă, care să-i unească apoi, să-i arunce în viaţa nouă ce-i aştepta. Anca visa la o nuntă cu puţini invitaţi, cu multe flori şi o rochie simplă. Când doamna Doherty îşi însoară fiul, nu e totuna cu simplitatea. Tinerii nu avură încotro şi o lăsară să decidă în toate. În fond, nu doreau să-i strice bucuria bătrânei doamne. O lăsară în voia ei. Timpul trecea repede, cu excepţia lunii mai a anului următor. Ultima lună, până la marele eveniment, trecea parcă trasă de păr. Dar trecea…

Hotărâră să se căsătorească la reşedinţa din Londra a familiei Doherty. Totul fusese pregătit pentru data de 5 iunie 1948, ce pica într-o sâmbătă, iar vremea era splendidă.

Anca trebuia să vină de acasă îmbrăcată mireasă, cu toate rudele ei. Paul trebuia s-o ducă până la locul ceremoniei aflat pe peluza familiei. Ce au simţit fiecare? Emoţiile erau mari din toate părţile, iar mulţimea de gură-cască din faţa porţilor, vâna orice expresie de pe feţele nuntaşilor. Anca încremenise în faţa oglinzii. Fără îndoială că Lioara era lângă ea, ca o adevărată metamorfoză a mamei sale, dar oricât ar fi fost, era un pic încordată şi puţin speriată. Ştia că Richard era al ei şi o iubeşte, dar tot lipsea ceva, poate mama ei, cealaltă Anca. Paul era ţeapăn în costumul de ceremonie, aşteptând să se deschidă uşa de la camera Ancăi.

Hotărâseră ca noua familie să locuiască la conacul Doherty. În ultimul an se pregătise un apartament pentru cei doi tineri. Anca nu fusese acolo. Richard îi povestea, dar atât. Trebuia să fie o surpriză.

Şi se deschise uşa...

– Tată, izbucnise Anca...

– Fetiţa mea dragă!

Cei doi se îmbrăţişară lung.

– A venit vremea să recunosc că ai crescut. Mi te fură altcineva. Altcineva, care va avea grijă de tine, scumpa mea. Eşti atât de frumoasă!

Toţi spuseseră în cor aceleaşi cuvinte... Era atât de frumoasă!

– Când o să te vadă Richard...o să încremenească de uimire. Rochia îţi vine ca turnată!

– Acum putem muri fericiţi! spuseră, lăcrimând, şi bătrânii. Richard e băiat bun, te lăsăm în braţele lui!

– Vei fi fericită cu siguranţă, completă şi Lioara...

– Să nu o facem să plângă! Nu e voie astăzi!

– E timpul să mergem cu toţii. Paul îşi cercetase ceasul şi o luase de mână pe Anca, fata lui dragă. Lioara o flanca pe partea cealaltă. Anca şi familia ei. Ce fericire! Ce despărţire temporară! Se vor vedea mereu, dar parcă acum lacrimile nu se mai puteau opri. Se suiră cu toţii în maşini.

De partea cealaltă, Richard era la fel de emoţionat. Stătea cu papionul în mână şi nu reuşea să şi-l pună la gât.

– Richard, spuse mama lui, o să-l rupi! Lasă-mă să te ajut! Eşti aşa de emoţionat! O iubeşti, aşa-i?

– Da, mamă, sunt tare fericit! Am aşteptat o veşnicie clipa asta. Prietenii mei mă aşteaptă jos, dar eu nu-i vreau, o vreau pe Anca mai repede. Dacă ar trece mai repede totul!

– Cred că au plecat deja de acasă. Sunt pe drum!

Uşa se deschise, iar un servitor îmbrăcat pentru ceremonie le spuse că totul e pregătit şi domnul preot Svenson a venit deja.

– Hai, Richard! Eşti gata? O să treacă repede, ai să vezi!

– Mamă, poţi să-i spui preotului să sară peste pasajele plictisitoare?

– Nu, dragă, ai să vezi că nimic din ce te va lega de Anca, nici chiar această slujbă, nu te va plictisi!

Au coborât apoi braţ la braţ, zâmbind tuturor.

– Ar trebui să sosească mireasa, părinte, din clipă în clipă, zise doamna Doherty.

– Ah, dar chiar acum sosesc maşinile!

Richard rămăsese singur în faţa altarului improvizat. Aştepta să se deschidă uşa de la maşina Ancăi. Îl văzuse prima dată pe tatăl Ancăi, ieşind din maşină primul, apoi înconjurând-o pentru a deschide portiera iubitei sale. Văzu apoi venind spre el o zână, o arătare albă, care îi zâmbea de sub voaluri. Simţise cum Paul îl îmbrăţişează şi-i pune o mână mică şi tremurătoare în mâna sa. Văzu apoi voalul ridicându-se, lăsând locul zâmbetului Ancăi. Atunci strânse acea mână mai tare într-o îmbrăţişare mută. Plutea! Pluteau amândoi atunci când o sărută. Erau căsătoriţi! Îşi aparţineau! Apoi dansul acela, primul, ca soţ şi soţie… Toată lumea era cu ochii pe ei, dar ei nu se vedeau decât pe ei.

– Asta să fie oare fericirea?

– Cine ştie? Eu nu, în niciun caz, doar zânele ştiu asta!

Un ciclu al familiei, unul nou începea acum sub ochii tuturor. Sub scutul bunei înţelegeri şi a fericirii promise pentru totdeauna. Ce s-ar mai putea spune? Că vor trăi fericiţi până la adânci bătrâneţi? Desigur. Cu siguranţă aşa va fi şi peste timp, în eternitate. Într-o deplină fericire, unul cu altul, cu zi ce trece mai împliniţi. Minunată tinereţea, cu tolba ei plină de speranţe fără pic de dezamăgiri.

EPILOG

Oare ar mai fi de adăugat ceva la asemenea împlinire?

Paul Voicu se considera împlinit, târziu, aproape de amurg, putea cu lumina minţii să dea timpul înapoi. Putea să privească prezentul şi să scruteze viitorul. Sau ce a mai rămas din el... Poate un om să fie fericit departe de locurile unde strămoşii lui îşi duc somnul etern? Poţi uita?

Paul a dovedit că da, cu multă trudă asupra minţii sale. Este adevărat, aţi putea spune, a avut familia de partea lui. Şi e mobilizator acest lucru. Dar oricât ar fi acest sprijin, tot îl mai cuprindea un nod în gât din cauza neputinţei sale. Şi-a dus viaţa departe de ţara lui şi şi-a mângâiat nepoţii pe jumătate englezi, dar cu nume deplin englezeşti.

Durerea că el urmează l-a cuprins când părinţii lui şi tanti Aida plecaseră pentru totdeauna. Îi târâse după el în locuri străine şi neimaginate pentru ei. Iar oasele lor erau cuprinse de pământ englezesc, nu cel de acasă. Nu reuşiseră bătrânii niciodată să se acomodeze pe deplin sau să înveţe limba aceea. Grădiniţa din spatele caselor le era universul în care se amăgeau când închideau ochii. Dar se duseseră, apoi altă generaţie, copiii Ancăi, luară locul la rândul dinainte ştiut de divinitate. Doi copii minunaţi, un băieţel şi o fetiţă, care puneau stăpânire pe genunchii bunicului.

Nimeni nu a încercat să-i înveţe româneşte. O dată doar, iar copiii făcuseră ochii mari. Atunci Paul a văzut zădărnicia şi nu mai încercă niciodată. Erau alţi oameni. Lioara încă mai picta, dar nu mai avea răbdarea şi vederea pentru asta. Prefera să stea în salon, cu privirea pe geam. Acum era rândul ei şi al Lidiei să aibă grijă de grădină. Fiecare la rândul lui. O altă durere îi prinsese când Arlett, una de-a lor, închise ochii. Erau şocaţi oarecum, urmau ei.

Cu toţii, o mare familie, alungată de nevoie de pe pământurile lor, trăiau şi erau fericiţi doar prin copii, cum altfel? Mihai se făcuse mare şi deja îşi dădea întâlniri. În curând, o altă nuntă şi alţi nepoţi. Toată lumea începuse să-i privească normal, cu trecerea timpului, în fond deveniseră englezi. Erau englezi. Îşi schimbaseră pământurile, iar cele noi îi acaparaseră.

Bătrâna Anglie era casă pentru ei de multă vreme. În trecut, nu mai aveau voie, dar în viitor….

Şi totuşi Paul Voicu era fericit! Un onorabil domn englez…